悪役令嬢は推しが尊すぎて今日も幸せ

ぷにちゃん

B's-LOG BUNKO
ビーズログ文庫

イラスト／すがはら竜
キャラクター原案／成瀬あけの

Contents

オリヴィア・
アリアーデル
乙女ゲーム『ラピスラズリの指輪』
続編の悪役令嬢に転生した公爵令嬢。
推しを全力で愛でて、
この世界を謳歌したい！
レヴィ
オリヴィアを敬愛し、忠誠を誓う執事。
乙女ゲームに存在していなかった
キャラクターだが、超高スペック男子。
悪役令嬢は
推しが尊すぎて
今日も幸せ
CHARACTERS

ハルトナイツ・
ラピスラズリ・ラクトムート
乙女ゲーム『ラピスラズリの指輪』の
メイン攻略対象キャラクター。
隣国ラピスラズリの王太子。

アクアスティード・
マリンフォレスト
乙女ゲーム『ラピスラズリの指輪』
続編のメイン攻略対象キャラクター。
マリンフォレスト王国の美しき王太子。

アイシラ・
パールラント
乙女ゲーム『ラピスラズリの指輪』
続編のヒロインで、公爵令嬢。
純粋無垢で海の妖精に愛されている。

クロード・
アリアーデル
オリヴィアの二歳上の兄。
オリヴィアのことが大好き！

「ふえええええぇぇんっ！」

大国マリンフォレストのアリアーデル公爵家に、それは元気な産声が響き渡った。

取り上げた助産師は「とても可愛らしいお姫様ですわ！」と嬉しそうに告げる。それを見て、出産を終えた公爵夫人はほっと微笑んだ。

「無事に生まれてよかったわ……わたくしの、可愛い子」

「…………」

「あら……？」

しかし公爵夫人が赤ん坊を抱き上げると、産声がピタリと止まる。

「泣かないわ、どうしたのかしら」

取り上げられた直後は大きな声で泣いていたというのに。

公爵夫人が助産師に視線を向けると、すぐに確認をしてくれる。しかし、赤ん坊に変わったところは見られない。

「ですが、赤ちゃんの状態は問題なさそうと言いますか……可愛らしいハニーグリーンのお目々がパッチリしています」

「そうね……」

公爵夫人と助産師がどうしたものかと顔を見合わせていると、走ってくる足音とともに扉が勢いよく開け放たれた。

「生まれたのか⁉」

息を切らしながらやってきたのは、この屋敷の主人であり、生まれた赤ん坊の父親だ。

「公爵様。可愛らしい、女の子です」

「そうか！　早くその可愛らしい姫を見せておくれ。おお……ローズレッドの髪は、私に似ているな」

満足そうに微笑んで、公爵は夫人を見る。

「名前はもう決めてあるんだ」

「あら……いつの間に？」

「実はさっき閃いたんだよ。私と君の名前の頭と終わりを取って……この子の名前は、オリヴィア。オリヴィア・アリアーデルだ」

名前を授けた父親の名は、オドレイ・アリアーデル。

オリヴィアと同じローズレッドの髪は華やかで、顔立ちも整っている。

泣かない娘を心配しているのは、クローディア・アリアーデル。

出産を終えたばかりでぐったりしているが、社交界では評判の美人だ。美しい金髪のストレートはとても目を引き、髪質がオリヴィアに受け継がれている。

「さあ、可愛い顔をもっと近くで見せておくれ！」

公爵がオリヴィアを抱き上げると——その鼻から、たらりと鼻血が垂れた。


「——ふぇっ⁉」

ハッと目を覚ますと、知らない天井——ではなく、知っている天井が見えた。いや、リアルに知っている天井ではないが……何度も見たことがある。

「ふぇぇぇ、ふぇっ！」

――間違いなく、私の愛した乙女ゲーム『ラピスラズリの指輪』の続編の世界の天井!!

ゲーム内で見たことあるキャラクターの部屋の天井と同じだったので、すぐに自分のいる場所を把握することができた。

しかし一つ言いたいのは、普通はゲームに出てくるキャラクターの部屋の天井まで覚えている人はなかなかいないということだ。

天井になりたい人ならいるかもしれないが。

「ふぇ～」

――まさか、こんな漫画みたいなことが起きるなんて。

むしろ、乙女ゲームのようなことが起こったと言ってもいいかもしれない。

赤ん坊なので思うように動くことはできないが、気持ちだけでもうんうんと頷いてみる。

起き上がれないのが、もどかしい。

「オリヴィア様、お目覚めになられたのですね……よかった。すぐに公爵様とお医者様をお呼びします！」

「ふぇっ！」

――ハッ！　人が控えていたのね。私としたことが、うっかり天井と最高の展開に夢中で気付かなかったわ。

しかも、隣には出産を終えて眠っている母親がいる。

「ふえぇっ」

——お母様ね！　美人!!　産んでくれてありがとうございます!!

メイドが慌てて走り去るのを見ながら、生まれたとき自分の名前を呼ばれていたなと思い出す。

オリヴィア・アリアーデル。

これが、赤ん坊として生まれた自分の名前。

ぱっちりしたハニーグリーンの瞳と、ローズレッドのさらさらの髪。とても愛らしいその姿は、いずれ多くの男性の視線を集めるだろう。

マリンフォレスト王国の、アリアーデル公爵家の娘。

のちに王太子であるアクアスティード・マリンフォレストと婚約をする令嬢だ。

そしてもう一つ、とっておきの秘密がある。

オリヴィア・アリアーデルは、この乙女ゲーム世界の『悪役令嬢』だということ。

プレイヤーであるヒロインとは家同士の仲があまりよくないということもあり、何かにつけてヒロインをいじめる役どころなのだ。

特に王太子ルートを選んだ場合は、オリヴィアが婚約者になるのでいじめも激しくなる。

しかしそんなオリヴィアを一言で表すと、乙女ゲーム『ラピスラズリの指輪』の続編の悪役令嬢に転生した、享年二十九歳のオタク。


「あ～う～」

——0歳からこの世界を堪能できるなんて、最高よ！

「ふえぇんっ！」

——きっとこの転生は、神様からのプレゼントだわ……！

転生したのはヒロインのライバルポジションである悪役令嬢オリヴィアだが、そんなことは気にしない。

だって、この世界のすべてを愛しているから。

この世界で生きることができるのならば、名もなきモブでも、動物でも、いっそ道端に落ちている石ころだって構わない。

しばらくして父親と医師が慌ててやってきたけれど、どこにも異常はないと診断された。

まあ、それもそうだ。

鼻から垂れた血は、興奮したあまり出てしまった鼻血だったのだから——。

第一章　360度の幸せ

オリヴィア・アリアーデル、三歳。

元気にすくすく育ち、とても可愛らしい女の子に成長した。

前髪にリボンのヘアアクセサリーをつけ、ローズレッドの髪は腰の位置まで伸びている。

フリルのついたワンピースドレスには、もしもの鼻血に備えたハンカチを常備できるよう、複数のポケットがついていたりする。

「はぁ、今日もとってもしゅてきだわ！」

オリヴィアは毎日のように、この乙女ゲーム世界に転生したことに感謝して生きている。

どこの神様かは知らないが、ありがとうありがとうと礼を述べる。

今は自室で一人、机に向かって今後のことを考えようとしているところだ。

三歳児にはペンとノートは使えないのではないかと思われるが、日本人としての前世の記憶があるので問題なく扱えてしまう。

「このままゲーム通りに進むと、私――わたくしの運命は、みっちゅあるのよね」

まず一つ目は、ヒロインがオリヴィアの婚約者である王太子アクアスティードを選ばなかったとき。

この場合は、特にオリヴィアには何も不都合がない。普通に婚約者となるアクアスティードと結婚する人生を歩むことになるだろう。

「問題は、ヒロインが王太子ルートを選んだ場合……！」

ヒロインがアクアスティードを攻略しにきた場合。

ハッピーエンドルートになると、ヒロインをいじめていたオリヴィアは断罪される。さらにアリアーデル家は爵位を剝奪され、一家はバラバラに。最終的にくだされるオリヴィアへの判決は国外追放だ。

バッドエンドルートになっても、ヒロインをいじめていたオリヴィアは断罪される。

ただ少し違うのが、その後の処遇だ。

修道院に入り、生涯ヒロインの幸せを願い続けるという未来が待っている。

本来ならば、自分の身を案じるべきなのだが……。

「正直に言うと、ヒロインには幸せになってほしいのよね。だって、バッドエンドなんて悲しいもの……」

しかし、ハッピーエンドになるとアリアーデル家にまでオリヴィアの罪が及んでしまう。なら悪役令嬢なんてならず、自分と家のために清く正しく生きればいいのでは？　そう思うかもしれないが――それではゲームに失礼だ。

「わたくしは、わたくしの悪役令嬢としての役目をまっとうすりゅわ！」

自分の幸せも大切だけれど、同じ以上に大好きな乙女ゲームのストーリーもオリヴィアにとっては大事なものだった。

それを自分勝手な理由で壊したくはない。

「両親までわたくしの運命に巻き込むのは、さしゅがに申し訳ないけど……。でも、ヒロインの幸せ、ハッピーエンドルートを考えると回避は不可能だわ」

とても悩ましい。

「でも、国外を見て回れるから追放されたい……という気持ちもありゅわね」

この乙女ゲーム世界を、隅から隅まで堪能したい。

今ならゲームでは行けなかった場所にだって、好きなだけ行くことができる。なんなら、実際に触れたりキャラクターたちと会話もできる。

みんな幸せハッピーで美味しいとこどりができたらいいのだが、そう上手くはできていない。

「うぅ、悪役って難しいわ！」

――でも！

自由な乙女ゲームライフを送れる上に、自分の役割だってまっとうすることができる。最高だ！　と、オリヴィアは歓喜に震える。

「推しを全力で愛でて、わたくしはこの世界を謳歌しましゅわ……！」

そうするためには……ハッピーエンドの追放エンドが一番いい。

「アリアーデル家のことは、どうにかできないか考えてみまちょう」

今から頑張って貯金をしておくとか、一家そろって夜逃げの訓練をしておくとか、何かしらの抜け道はあるかもしれない。

でも、さすがに現時点でそう上手くいくかはわからない。

「あっ、推しにみちゅぐために貯金をしておくのも大事ね」

これはかなり優先順位が高い。

ひとまず、オリヴィアはこの人生を楽しみながら様子を見ていくことに決めた。

コンコンと部屋がノックされ、オリヴィアは慌ててノートとペンを隠す。

日本語で書いているので落書きだと思われるだろうが、まだ早いと取り上げられてしまっては大変だ。

オリヴィアが返事をする前に、ドアが開いた。

「ヴィー、遊びに来たよ」

「お兄しゃま！」

ひょっこり顔を覗かせたのは、クロード・アリアーデル。

母親と同じ金色の髪は、綺麗に切りそろえられている。それから少したれ目がちな、ハニーグリーンの瞳。

年齢はオリヴィアの二つ上で、五歳。オリヴィアのことをヴィーと呼び、とても可愛がってくれている。

小さいながらに教育が始まっており、アリアーデル家の次期公爵になる予定の人物だ。

——お兄様、今日もとっても素敵だわ！

メイン攻略対象だったらよかったのにと、何度そう思っただろうか。悪役令嬢のお兄様ルートなんて、絶対にプレイしたい。

「何をしてたの？」

机に座っていたオリヴィアを見て、クロードは不思議そうな顔をする。ソファの上にはぬいぐるみがあるので、そちらで遊ばないのかと思ったようだ。

「わたくしも、お兄しゃまみたいにお勉強しようと思ったんでしゅ」

「ええっ、僕の真似をしようとしたの？　それは、ヴィーにはちょっと早いんじゃないかなぁ……？」

「しょんなぁ」

クロードが、笑いながらソファに置いてあるぬいぐるみを手に取った。

「こっちで遊ぼうよ」

「はい！」

すぐに頷いて、オリヴィアは椅子から下りてクロードの隣へ行く。

「今日はどんな遊びにしようか。王子様とお姫様ごっこにする？」

「旅行ごっこにしましゅ」

「え、旅行？　もしかしてヴィー、旅行に行きたいの？」

クロードが驚いたように問い返すと、オリヴィアは頷く。

「行ってみたいとこりょは、いっぱいありましゅ」

ゲームに出てきた場所はどこへでも行ってみたい。なんなら、初代ゲームの舞台であるラピスラズリ王国にも行ってみたい。


そう――オリヴィアが転生した悪役令嬢は、乙女ゲーム『ラピスラズリの指輪』の続編にあたる。

ファンの間では一作目が『ラピスラズリの指輪』、二作目は『続編』と呼ばれている。

今の舞台はマリンフォレストだが、一作目では隣にあるラピスラズリ王国が舞台になっていた。

そのため、オリヴィアは行きたくて仕方がないのだ。


「うぅ～ん、確かに旅行は楽しそうだよね」

「でしゅよね！」

クロードの賛同にオリヴィアは目を輝かせる。しかし、すぐにその希望は砕け散ってしまう。

「でも……お父様は忙しいから、そんな時間は取れない気がする」

「あうぅ……」

クロードの言うことは正しく、近場ならいいが……隣国に行くほどの休みをオドレイが取るのは難しいだろう。

――やっぱり、大きくなってから一人旅をするしかないわね。

それか、クロードならば一緒に来てくれるかもしれないと考える。兄妹二人で旅行というのも、いいものだ。

――とりあえず、今は……。

「遊びまちょう」

「ああ、そうだね。遊ぼうか」

オリヴィアが添乗員役になって、ぬいぐるみを動かす。

「ちゅぎに行きますのは、ラピスラズリの王様の銅像が立っている広場でしゅ。ここの噴水の前で待ち合わせをしたカップルは、ずっと仲良しでいられましゅ」

ラピスラズリの旅行ごっこなので、オリヴィアの心は弾む。

「さらに、ここは王立ラピスラズリ学園でしゅ。勉強をする建物とは別に、図書館もありましゅ」

「……ヴィー、どうしてそんなにラピスラズリに詳しいの？」

「あ……」

クロードの言葉に、はしゃぎすぎてしまったとオリヴィアは苦笑した。

とある日の昼下がりのこと。

オリヴィアが庭園を散歩していると、この続編のゲームの特徴でもある『妖精』が姿を現した。

「〜〜〜〜〜っ!!」

思わず叫び声をあげそうになり、けれど妖精を驚かせてはいけないと思いとっさに口を手で押さえる。

——駄目よ、まずは深呼吸よ。

「すーはー、すーはー……」

いくぶんか落ち着いてから、オリヴィアは妖精を見る。

庭園にある噴水で、海の妖精が水遊びをしているようだ。近くには空の妖精もいて、ここは天国だろうかとオリヴィアは真顔になる。

そして改めて、ここが大好きな乙女ゲームの世界なのだと実感する。

もちろん今までの世界観だけでも十分ではあったのだけれど、やはり妖精は格別だ。

乙女ゲーム『ラピスラズリの指輪』の続編には、妖精が登場する。

妖精は手のひらほどの大きさで、人型に羽が生えている森の妖精、翼が生えている空の妖精、人魚のような尾ひれを持つ海の妖精。

また、それぞれの妖精たちの頂点に妖精王がいる。

ヒロインはこの国の別の公爵家の令嬢で、海の妖精から祝福されている。

その力を使い、攻略対象キャラクターと愛を育んでいき……最終的には、王城の地下に封印されている魔物を倒すというストーリーだ。

ちなみに、妖精王によっては隠しルートがあって攻略することも可能。

海の妖精は噴水の水でぱしゃぱしゃ遊び、空の妖精は縁に座って足を水につけてのんびりしているようだ。

「妖精しゃん可愛いな……ましゃか実物をこの目で見りゅことができるなんて！　……っ、思わず鼻血が」

妖精に出会えたことに興奮し、鼻から赤いものが垂れてしまった。

慌ててハンカチで拭う。

オリヴィアは妖精たちの前へ行き、ドレスの裾をつまんで淑女の礼をする。妖精への挨拶なのだから、最大限お上品になるように。

「初めまして、妖精しゃんたち。わたくしはオリヴィア・アリアーデル。どうぞよろしくお願いいいたしましゅ」

『………』

オリヴィアが挨拶をすると、妖精たちはきょとんとした顔で見てきた。

――あああっ、そんな顔もとっても可愛い!!

胸がきゅんきゅんしてしまう。

こんな可愛らしい妖精に祝福してもらえたら、昇天してしまうかもしれない。いや、間違いなくしてしまうだろう。

しかし、妖精たちは――


『……行こうっ』

『もう帰らなきゃ』


口々にそう言って、あっという間にオリヴィアの前から姿を消してしまった。オリヴィアは思わずぽかんと口を開けて、妖精のいなくなった噴水を見る。

「あああっ、しょんなっ!!」

せっかく妖精たちと触れ合えると思ったのに、なんということだろうか。

「でも、しょっけない姿もめちゃくちゃ可愛かった……」

また鼻血が出ないように鼻を押さえ、オリヴィアはそういえば……と、自分の役どころを思い出す。

「悪役令嬢は妖精に嫌われてりゅんだった……魔法もからきし使えないし」

うっかりしていた。

ヒロインは無敵だが、悪役令嬢には厳しいのが乙女ゲームというもの。所詮最後はざまあされてしまう運命なのだ。

「残念……」

もしかしたら、悪役令嬢がヒロインをいじめる理由には、妖精に愛されている羨ましさも含まれていたのかもしれない……なんて、オリヴィアは思う。

「わたくしも、妖精しゃんと仲良くなりたかった……」

どうにかして仲良くなれないだろうか？

そう考えたオリヴィアは、妖精にお菓子や小物などの贈り物を用意してみたが……やっぱり相手にしてはもらえなかった。

でもせめて、遠くから見守るくらいは許してほしい。

それからたびたび、庭でこっそり妖精たちを覗き見して、メイドからはしたないと怒られてしまった。

こっそり妖精観察をし、ゲームで覚えていることをノートに書きだし、ダメ元で魔法の練習をし——あっという間に月日は流れていった。

オリヴィアは六歳になった。

言葉もきちんと喋(しゃべ)れるようになったし、できることも増えた。

「オリヴィア、今いいかい？」

「お父さま？」

オリヴィアが部屋で本を読んで過ごしていると、父——オドレイが呼びに来た。

来客中だったはずなのに、いったいどうしたのだろうと首を傾(かし)げる。

「実はお客様のお嬢(じょう)さんも来ていてね。お友達になっておいで、オリヴィア」

「はいっ！」

——わあ、嬉(うれ)しい！

貴族に生まれたオリヴィアは、外へ出かけることがほとんどない。屋敷(やしき)の庭を散歩するくらいだろうか。

　近所の子どもと泥(どろ)だらけになって遊ぶことなんてまずないし、同じ年ごろの子で会ったことがあるのは家同士の繋(つな)がりがある相手くらいだ。

　——いったいどんな子だろう。

　もう、このゲーム世界に生まれた存在というだけで尊い。

　オリヴィアがワクワクしながら応接室へ行くと、そこには可愛らしい女の子がいた。淡(あわ)い水色の髪には珊瑚(さんご)のヘアアクセサリー。レースとパールのあしらわれたドレスを身にまとい、お行儀(ぎょうぎ)よくソファに座っている。

　その光景を見た瞬間(しゅんかん)、まるで雷(かみなり)が落ちたかのような感覚に襲(おそ)われた。いや、だってまさか、こんなに早く彼女と出会えるとは思っていなかったから。

　女の子はオリヴィアと目が合うと、すぐに微笑(ほほえ)んでソファから立ち上がった。

「こんにちは。アイシラ・パールラントでしゅ」

　はにかむような笑顔(えがお)に、鈴(すず)のなるような可愛らしい声。そのすべてが完璧(かんぺき)だと、オリヴィアは思わず拝みたくなる。

　そう、彼女こそがこのゲームの——ヒロインだ。

アイシラ・パールラント。

この乙女ゲームの主人公で、パールラント公爵家の娘。年はオリヴィアや攻略対象キャラクターより三歳下という設定だったので、今は三歳だろう。

海の妖精に愛されており、水関係の魔法が得意。海での出会いやイベントが盛りだくさんで、水着などの衣装も充実していた。

恋愛初心者な公爵令嬢はヒーローたちと恋を育み、愛を知る。


オリヴィアも挨拶をしようとして口を開く——前に、ドレスの特製ポケットからハンカチを取り出して鼻へとそえる。これなら、興奮しすぎて鼻血を出してしまってアイシラを驚かすこともないだろう。

——こんな小さな子が鼻血を見たら、驚いて倒れちゃうわ！

「こんにちは、アイシラ様。わたくしは、オリヴィア・アリアーデルです。どうぞ仲良くしてください」

「はいっ！　一緒に遊べるのが、とっても嬉しいでしゅ」

オリヴィアのハンカチで鼻を押さえながらという一風変わった挨拶にも動じず、アイシラは笑顔を返してくれる。

しかも、まだ幼いためたどたどしい口調がとてつもなく可愛くて、庇護欲をそそる。守ってあげたくなる攻略対象キャラクターたちの気持ちがよくわかる。

――あっ、やっぱり鼻血が出ちゃったわ！

けれど、ちゃんとハンカチを装備していたのでセーフだ。

ハンカチで鼻を押さえたままのオリヴィアを見て、アイシラは微笑む。

「かわいいハンカチでしゅね」

「あっ、あ、あ……ありがとうございます、アイシラ様。これはお父様にもらったハンカチで、とても大切にしているんです」

「しゅてきです」

アイシラの対応が完璧で、思わずときめいてしまう。

初対面の相手は、ほぼ全員がオリヴィアが鼻にハンカチを当てていることをいぶかしむように見る。なんでそんなことを？　と。

アイシラは例外だったが、彼女の父親は不思議そうにしている。

ちなみにオドレイ及び使用人は、オリヴィアが鼻血の出やすい体質だということをすでに受け入れている。

とはいえ心配なのだろう、定期的に医師を手配して健康診断をしてくれているけれど。

ハンカチを褒めてくれたアイシラの株は、オリヴィアの中で爆上がりだ。

「アイシラ様、よかったらわたくしのお部屋でお話をしませんか？　それとも、お庭がいいですか？」

　オリヴィアが問いかけると、アイシラは「お庭！」と笑顔で答えてくれた。

「さっき、噴水があったのを見ました。もしかしたら、海の妖精がいりゅかも……行ってみてもいいでしゅか？」

「もちろんです」

　どうやら、アイシラはすでに海の妖精から祝福を受けているらしい。

　——さすがはヒロイン！　こんな小さなころから妖精に祝福されるなんて!!

　オリヴィアは心の中で拍手喝采(はくしゅかっさい)だ。

　本来、ヒロインと悪役令嬢は仲が良くない。現にこの乙女ゲームでも、オリヴィアがアイシラをいじめる描写(びょうしゃ)は多かった。

　——でも、今はまだゲーム本編が始まる前。

　それなら別に、ヒロインのアイシラをいじめる必要はない。それはゲーム本編が近づいてきてから改めて考えればいい。

　今はひとまず、可愛いヒロインを堪能したいところ。

　オリヴィアは鼻血が出ていないことを確認(かくにん)して、アイシラに手を差し出した。

「それじゃあ、お庭に行きましょう！」

「はいっ！」

仲良く手を繋いで、オリヴィアとアイシラは応接室を後にした。

父親同士は顔を見合わせて苦笑する。

「まさか、こうも簡単に打ち解けるとは」

「子どもはすごいものだ」

アリアーデル家はマリンフォレスト王国でも屈指の公爵家だ。

アイシラのパールラント家と肩を並べて、自分の方が優れていると互いにけん制しあっている。

アリアーデル家は主に外交や貿易関係に強く、マリンフォレストでも強い発言力を持っている。

パールラント家は代々海の妖精にひときわ愛されており、海の管理をするという大切な役割を担っている。

どちらも欠かすことのできない、重大な役目だ。

本来ならば肩を並べて手を取り合えばいいのだけれど——互いに、自分たちの方がすごいのだと譲らない。そのため公爵同士は仲がいい、とは言い難い。むしろ、昔から何かと対立していることの方が多い。

「……しかし、うちのアイシラはそれはもう海の妖精に愛されている。これからは、パールラント家の時代だろうな」

「ははは、何を言うか。うちのオリヴィアはこの年で、かなり優秀だ。大人顔負けのマナーに、もう文字の読み書きだってできる。長兄のクロードも優秀で、将来が楽しみでならないよ」

そう言った二人の目には、バチバチと火花が散っていた。


父親たちがそんな話をしていることなんて知らないオリヴィアとアイシラは、手を繋ぎ庭園の噴水へやってきた。

「わあ、しゅてき！」

噴水を見てすぐに、アイシラが瞳を輝かせる。

嬉しそうにしている姿を見ると、誘ってよかったとオリヴィアの頬が緩む。

しかしふと、アイシラの屋敷の庭園の方がすごかったことを思い出す。

パールラント家は代々海の妖精に祝福されているということもあり、海に面した場所に屋敷がある。

さらに、庭園には海水を引いた噴水があり、そこから水を流して通路の両脇が川のような作りになっている。魚も泳いでいるので、見ていてとても楽しく、華やかな背景だったことを覚えている。

それに比べたら、アリアーデル家の庭園は普通すぎるのでは……と、オリヴィアは考える。

——それなのに素敵だと言ってくれるなんて、アイシラ様は天使では？

「噴水があるから、きっと呼べば海の妖精もきてくれましゅ」

そう言って、アイシラは噴水の縁に座り、水に触れる。

この噴水にはいつも海の妖精がいたが、オリヴィアがよく庭園へ出るようになってから、めっきりその回数を減らしてしまった。

出てきてくれたら嬉しい。

オリヴィアは少し心配していたが、それは無用だった。だって、アイシラはこの世界のヒロインなんだから。

「海の妖精しゃん、わたくしの声が聞こえましゅか？」

噴水の水面に向かってアイシラが囁くと、すぐに波紋が広がった。

——あ、海の妖精が来る。

そう思ったあとは、一瞬だった。

パシャンと音を立てて、綺麗な尾ひれがオリヴィアの視界に現れる。とても愛らしい、アイシラに祝福を贈っている海の妖精たちだ。

『アイシラ、こんにちは！』

『呼ばれたから来たよ！』

『わーい』

「来てくれてありがとう、海の妖精しゃんたち」

アイシラと海の妖精が戯（たわむ）れるというのは、ゲーム内でもスチルがあった。けれどそれは、成長したアイシラであり、今のように幼いアイシラではない。

――うわわわわわ、かわ、かわいいいぃぃっ!!

海の妖精もそうだが、アイシラ自身もまるで妖精だとオリヴィアは思う。こんなレアな場面を見られるなんて、生まれ変わってよかったと神に感謝を捧（ささ）げたい。

『アイシラおでかけしてるの？』

『ここ、アイシラのお家（うち）じゃないね』

「今日は、わたくしのお友達を紹介（しょうかい）しましゅ。オリヴィアさまでしゅ」

「！！！！！！！！！！！！」

まさか海の妖精に紹介されるとは思ってもみなかったので、オリヴィアは飛び上がるほど驚いてしまう。

しかし次の瞬間、笑顔だった海の妖精たちがすんっと真顔になってしまった。これにはさすがのオリヴィアも真顔にならざるを得ない。

――やっぱりわたくし、嫌われ方が半端（はんぱ）ない!!

そういう設定なのだから仕方がないが、目の当（ま）たりにしてしまうと切なく寂（さび）しいものだ。

オリヴィアと海の妖精たちの様子を見て、紹介したアイシラがなぜ⁉　と焦る。

海の妖精たちがこんな態度を取っているのを初めて見たのだろう。

『アイシラ、一緒に海で遊ぼう！』

『遊びましょう、私たちだけで！』

「えっえっえっ⁉　いやでしゅ、みんなで仲良くあしょびましょうよ」

アイシラが慌てて妖精たちにオリヴィアとも一緒に遊ぶよう言うが、つーんとした態度。

——やっぱり悪役令嬢はヒロインの力を持ってしても妖精には好かれないかぁ。

多少の期待はしていたけれど、残念だ。

オリヴィアは、必死に妖精たちに「どうして？」「あしょぼう？」と言うアイシラに声をかける。

「アイシラ様、わたくしは大丈夫です。……その、昔から妖精にはあまり好かれていないみたいで」

「……オリヴィアしゃま」

アイシラは泣きそうな顔をして、「ごめんなしゃい」と呟く。別に、アイシラが何かをしたわけでもないのに。

——さすがヒロイン、いい子！

この子の引き立て役になるのならば、悪役くらいどんとこいだ。

「アイシラ様、お部屋に行きませんか？　美味しいお菓子があるんです」

さすがにこのまま庭園にいるのは気まずいと思い、オリヴィアはアイシラを部屋へ招くことにした。

アイシラは悩むようなそぶりを見せるも、オリヴィアが手を差し伸べると笑顔を見せてくれた。

「……はいっ！」


お人形で遊んだり、たわいのないお喋りをしたり。楽しい時間はあっという間で、気付けばもう夕方だった。

「こんなに楽しかったのは、初めてでしゅ」

「わたくしも、アイシラ様と遊べて楽しかったわ」

二人で見合って微笑み、同時に「また遊びましょう」と言葉が出た。

その後もオリヴィアとアイシラは仲良く遊び、気付けばあっという間に一年が過ぎていた。

第二章　生きる希望

「今日はどこに行こうかなぁ～」

公爵家の娘として、何不自由なく育てられたオリヴィアは七歳になった。

しかし、しっかりした家庭教師をつけているにもかかわらず……どうにも落ち着きのない性格になってしまった。

これは前世からの性格でもあるので、仕方がないのだけれど。


オリヴィアにも侍女がつき、ある程度は自由に外出できるようになったので、趣味の『聖地巡礼』を始めることにした。

正直に言えば、両親や侍女たちはオリヴィアがすぐ出かけたがることに困っていたりもする。好奇心旺盛で、何をしでかすかわからないからだ。

オリヴィアとしても、侍女たちが困っているのはわかっていた。しかしかといって、外出の頻度を下げたくはない。

――だって、この世界の隅々まで見て回りたいんだもの!!

今はまだ家の近所しか行っていないので、オリヴィアの感覚ではお散歩に近い。

付き添う侍女もそれくらいは許してくれるのだが……オリヴィアは目を離すと、「スチルにあった場所！」とテンション高く突進してしまうのだ。

なので、オリヴィアの付き添いは片時も目を離すことを許されない。

「ねえ、ジュリア。出かけましょう！」

「え、今日もですか!?　オリヴィア様、昨日もお出かけしたではありませんか……」

また行くのかという侍女に、オリヴィアは口を尖らせる。

行けるものなら毎日だって行きたいくらいだ。とはいえ、やはり侍女を困らせるわけにもいかない。

オリヴィアの侍女、ジュリア。

幼いころからメイドとしてアリアーデル家で働いており、この度オリヴィアの侍女となった十六歳の少女だ。

日々の仕事には、どうやらオリヴィアに振り回されることも入っているらしいことを考えると……少々不憫かもしれない。

――ジュリアに我儘を言いすぎて、外出制限をされたらたまらないわ！

そう考えると、屋敷でのんびりしているのが一番いいのだが……。

――でもでも、ヒロインがデートする雑貨屋さんを見に行きたい！

正確には、そこの場所にのちのちできるであろう雑貨屋だ。調べによると、今は野菜を売っているお店があるらしい。

ジュリアからしてみれば、なぜ青果店に？　といった疑問しかないだろう。

「ねえジュリア、お願い！」

オリヴィアは瞳を潤ませて、ぐいぐいとジュリアのスカートの裾をひっぱる。

「ですが……うぅ」

しょんぼりしたオリヴィアの表情に、ジュリアは言葉が詰まる。その可愛らしい顔には弱いのだと、肩をすくめる。

「わかりました、護衛騎士に声をかけます。少し待っていてください」

「わあ、ありがとうジュリア！　大好き」

「わたくしも、オリヴィア様が大好きですよ」

オリヴィアとジュリアは微笑みあって、外出の準備を始めた。

「ふふんふーん、ふふん～♪」

聖地巡礼ができるって、なんて素晴らしいんだろう！

るんるん気分で歩くオリヴィアの後ろを、ジュリアと護衛騎士がついてくる。

「いいですか、ライアン。オリヴィア様は目を離すとすぐどこかへ行ってしまいますから、注意してくださいね」

「もちろん！　護衛はお任せください!!」

気合の入った返事をしたのは、アリアーデル家の護衛騎士ライアン。

まだ二十歳と若いが、身のこなしが軽く剣の腕もいい。明るい性格で常に笑顔でいるため、よくオリヴィアやクロードの護衛を務めている。

「今日の目的地は……ああ、あそこですね」

到着したのは、なんの変哲もない――青果店。

ねじりタオルを頭に巻いたおっちゃんが、『美味しいよ、らっしゃい！』と言って野菜を売っている。

　どう見ても、貴族の令嬢が行くような場所ではない。

　まっさきに首を傾げたのは、ライアンだ。

「オリヴィア様は、あのような場所にいったいなんの用が？」

　普通、幼いとはいえ令嬢の買い物は――お気に入りのブランドのドレスや、スイーツ類というのが定番だ。青果店に行く意味がまったくわからない。

「それは……わたくしにもわかりません」

　しかしオリヴィアは、目をキラキラさせてうっとりと青果店を眺めている。

「まさか、青果店のオヤジに恋心――」

　――を抱いているのではとライアンが続けようとしたら、ジュリアの拳がみぞおちに飛んできた。ライアンは、ひゅっと息を呑む。

「ちょっとライアン、間違ってもそんな恐ろしいことを口にしないでちょうだい」

「……っ、はっ、お前、その口より先に……手を出すのを、やめろ……いてて」

「護衛のくせにだらしのないことを言わないでちょうだい！」

　ジュリアは腕を組んで、息をつく。

　たとえ嘘や冗談だとしても、口にしてはいけないのが貴族に関する話題だ。もし誰かが聞き耳を立てていて、噂でも流されてしまったらたまったものではない。

「オリヴィア様の名に傷でもついたらどうするの」

ジュリアに言われ、ライアンは言葉に詰まる。

「すまない、浅慮だった」

「オリヴィア様はいずれ、旦那様がいい方との婚約を整えてくださるでしょう。決して、品のないことは考えないで」

「肝に銘じます……」

後ろで侍女と護衛騎士がそんなやりとりをしているなんて思ってもいないオリヴィアは、飽きずに青果店を眺めていた。

――あぁ、あそこが雑貨屋さんになるのね！

いったいどうして青果店から雑貨屋になるのだろう。

もしかしたら、店主は同じままで品物を換えただけ？　それとも、子ども夫婦が継いだとたん雑貨屋にしてしまった？　売り上げが悪くて店を閉めるしかなかった……ということもあるかもしれない。

「想像するだけでも楽しい……」

しかも自分は今、この世界に生きている！

にやにやが止まらない。

つまりは答え合わせもできてしまうのだ。

数日後か一年後か、はたまた数年後か……まだ誰にも予想できないかもしれないが、そのときはまた足を延ばそう。

「せっかくだから、何か買い物をしてみようかしら」

正直なんでも食べてみたいので、気持ちとしては全部購入したい。

しかしそれでは後から来た人が買えなくなってしまうので、トマトを何個か買ってみようかなと考える。

少額だけれど、自分のお財布の中にお金が入っていることを確認し、オリヴィアは青果店へと向かった。


それを見守る、保護者二人。

「……うーん、これはこれで勉強にはなりそうですね」

買い物をするらしいオリヴィアを見ながら、ジュリアが「見守りましょう」と言う。

ライアンは頷きながら、自分の子どものころはこんなにしっかりしていなかったのにと、苦笑する。

「社会勉強ですかね。まあ、民に寄り添える心があるのはいいことです」

その分、オリヴィアは外出がとても多いけれど。

「でも、オリヴィア様は女の子よ。クロード様のように、経済面の勉強までする必要はないでしょう？」

もちろんオリヴィアの成長のためには大賛成なのだが……ジュリアはまだまだやらなければならない仕事が多く、できれば早く帰りたいという気持ちもあった。

そんなジュリアを、ライアンが笑いながら落ち着かせようとする。

「まあまあ、俺たちはオリヴィア様の成長を見守りましょう」

「……そうね」

ライアンの言葉に頷いて、ジュリアは視線をオリヴィアに向け――ようとしたが、オリヴィアの姿が忽然（こつぜん）と消えていた。

「オリヴィア様!?」

「あれ？　何か気になるものでもあって、一人で歩いて行ってしまったのでしょうか」

急いで捜（さが）さなければとライアンが言おうとした瞬間（しゅんかん）、とんでもない言葉が耳に入ってきた。

「ねえ、向こうで女の子が変な男に連れ去られたみたいよ」

「そういえば最近、子どもがいなくなったっていう話を耳にしたわ」

「やだ怖（こわ）いわ。兵士に言った方がいいかしら」

「その方がいいかもしれないわね」

その言葉を聞いて、ジュリアとライアンは顔を見合わせる。あれこれ考えている余裕は、ない。

「俺はオリヴィア様の行方を捜す！」

「わたくしは一度屋敷へ戻って、人を呼んできます！」

二人は自分のすべきことを瞬時に判断し、駆け出した。

「……んんぅ」

硬い床の感触に、オリヴィアは目を覚ます。

いつもならば床で眠るようなことはしないのに、そう思って――ハッとする。

――ここ、屋敷じゃない！

そして思い出すのは、青果店での出来事。

美味しそうなトマトを購入して、袋に入れてもらって受け取った記憶はある。

「そのあとは……」

ジュリアとライアンのところへ戻ろうとして、ふと路地裏が目に入ってしまった。そこで目撃したのは、怪しい男が子どもを連れ去ろうとしている場面。

それを見逃せるオリヴィアではない。気付いたら、怪しい男に「やめなさい！」と声を荒らげていた。

——子どもを攫おうなんて、最低だわ！

しかし反抗したオリヴィアも一緒に連れ去られてしまった……というわけだ。

——ひとまず、状況を把握しなきゃ。

どうやら、どこかの室内に閉じ込められているようだ。

窓がなく、ほこりっぽい。部屋の隅には木箱や樽が積まれているので、物置として使われているのだろう。

さらに、うずくまって泣いている数人の子どもたちがいる。同じように、誘拐されたことがわかる。

「わたくしの大好きなラピスラズリの世界を荒らすなんて……許せないわ！」

急いで立ち上がって、オリヴィアは泣いている子どものところへ行く。

「大丈夫？　怪我はしていない？」

「………」

オリヴィアが問いかけると、子どもは泣きながらじっとこちらを見てきた。年齢は、オリヴィアと同じで七歳くらいだろうか。

――不安、よね。

前世の記憶があるオリヴィアは、比較的落ち着いている。……が、大丈夫だと楽観視しているわけではない。

自分がいないことに気付いたライアンたちが助けに来てはくれるだろうが、それまでに何かされないとは限らない。

もしかしたら、すぐにでもどこか遠くへ連れて行かれてしまう可能性だってある。

せめて子どもたちだけでも逃がしたいと、そう思う。

――わたくしに魔法の才能があれば……。

そうしたら、今すぐ子どもたちを助けてあげられたのに。

もしくは、漫画の主人公のように一流の剣の腕があったら。

でも、それでは悪役令嬢ではなくこの国のヒーローになってしまう。そう考えたら、思わず笑みが零れた。

「……ケガ、してないよ」

オリヴィアが笑顔になったからか、子どもが泣くのをやめて自分の状況を説明してくれた。ほかの子も、その様子を見て涙を拭って立ち上がった。

「わたしたちも、大丈夫」

「……きれいなドレスが、汚（よご）れちゃってる」

オリヴィアの服を見た子どもが、大きな瞳を潤ませながら心配してくれた。

「みんなに怪我がなくてよかった。ありがとう、ドレスは洗えばまた着られるから大丈夫よ」

「「うんっ‼」」

泣きやんだからか、子どもたちに少しずつ笑顔が戻ってくる。

落ち着いてくれたことにほっとして、オリヴィアは子どもたちを確認する。数えてみると、子どもは全員で五人。

泣（な）き叫（さけ）んだり暴れたりしたら、犯人から痛い目にあわされてしまうかもしれない。

子どもたちを率いて逃げるべきか……それとも、助けが来るまでじっと待つべきか。

どうすべきか思案していると、バンと大きな音を立てて扉（とびら）が開いた。

「――っ！」

オリヴィアと子どもたちの間に、緊張（きんちょう）が走る。

現れたのは、とても体格がよく、筋肉質の二人の男だった。

一人はスキンヘッドで、三十代だろうか。もう一人は頬（ほお）に傷があり、二十代ほど。

「なんだ、全員起きてんのか」

スキンヘッドの男が室内を見回して、傷の男へ合図を送る。

「あの上等な嬢ちゃんだ」

――わたくし!?

どうやら、ここへ来た目的はオリヴィアのようだ。

上等なドレスを着ているため、身代金を請求するつもりなのだろう。人買いに売り払うよりも、その方が儲かる。

正直に言えば怖いけれど、ほかの子どもたちに危害が及ぶよりはいい。

傷のある男は「わめくんじゃねえぞ！」と怒鳴る。どちらが――と、言い返したくなる。

どうすべきか思案するが、そんな時間はなく……男はどんどんこちらへ向かってくる。

「大人しくしてろよ」

「きゃあっ！」

傷のある男に髪を乱暴に摑まれ、オリヴィアは「こっちだ！」と部屋の外へ引きずり出された。

子どもたちは男の恐ろしさに震え、体を小さくしている。怖さに声すら出なくなっているようで、涙がぼろぼろと零れていた。

男に担がれ、オリヴィアは一人別の場所へと連れて行かれる。階段を上って移動していたので、おそらく二階だろう。

　廊下に窓はあるが、板で打ち付けられているので外は見えない。外の様子を確認するのは、難しそうだ。

「ここにいろ！」

「きゃっ！」

　六畳ほどの部屋に入れられて、ドアを閉められる。忘れずにしっかり鍵もかけられたので、逃げ出すのは厳しそうだ。

「……はあ」

　男たちがいなくなったので、少しずつ気持ちが落ち着いてきた。何度か深呼吸をし、早くなっていた心臓を落ち着かせる。

「大丈夫、無事に帰ることができるわ」

　そう自分に言い聞かせ、まずは部屋の中に何か使えるものがないか探そうとして――ガチャリと、ドアが開いた。

「……っ！」

　見ると、先ほどの男が戻ってきていた。

　――なんでまた来るのよ!!

　しかし男はさっきとは打って変わり、笑顔でオリヴィアを見る。

「お嬢ちゃん、お名前は?」

「…………!」

――あ、そういうこと。

身代金を要求したいのに、オリヴィアの名前がわからないためどうしたらいいか困っているようだ。

ここでアリアーデルの名前を出せば、屋敷に連絡がいき、おそらく助けが来てくれるだろう。

どうすべきか考えたが、さすがに七歳のオリヴィアではどうすることもできない。

これがヒロインやヒーローであれば、上手いこと切り抜けられたのかもしれないが……所詮悪役令嬢に、見せ場なんて用意されてはいない。

オリヴィアが口を開こうとしたとき――トントンと、ノックの音が響いた。

「……失礼します」

「ああ、来たか」

入ってきたのは、食事を持った痩せた少年だった。

年齢は、十歳くらいだろうか。黒髪はぺったりとしてしまっていて、何日も洗えていないのかもしれない。汚れたつぎはぎだらけの服を着ていることもあり、清潔感がない。

目に光がないので、ただただ言われたことをしているだけなのだろう。

傷のある男は少年から食事のトレイを受け取って、机の上へ置く。

「さあ、食事だ。お前に何かあったら俺がボスに怒(おこ)られちまう。おいクロ、お前はこのお嬢ちゃんと年が近いからな、名前を聞いてから戻ってこい」

「…………」

クロと呼ばれた少年は、傷のある男の言葉に頷いた。

「よしよし。しくじるんじゃねえぞ！」

そう言って、男はさっさと出て行ってしまった。

おそらく、オリヴィアの口数が少ないので、自分より年の近い少年の方が適任だと判断したのだろう。

そのことに、オリヴィアはほっと胸を撫(な)でおろす。

クロと呼ばれた少年は、机に置かれた食事を見ている。もしかしたら、オリヴィアが食べ終わるのを待ってから名前を聞いてくるつもりなのかもしれない。

無言のまま、じっと立っている。

――きっと、自分の意志なんてどうでもいいと思っているのね。

ただ言われたことをやる、操(あやつ)り人形のようだとオリヴィアは思う。

同時に、この幸せな乙女ゲームの世界で、そんな人がいるなんて絶対に嫌だと叫びたくなる。この世界の人たちには、幸せに笑って生きてほしい。

自分ごときがそんなことを願うなんて、図々しいかもしれないけれど。

オリヴィアは、クロに「ねえ」と声をかける。

「あなた、ここの男たちに酷い扱いを受けているんじゃないの？」

それでもいいの？　――と、問いかける。

「…………」

けれど、クロは返事をしない。

さすがに初手から飛ばしすぎただろうかと、オリヴィアはもっと軽い話題から話を振ることにした。

「クロっていう名前なのね」

すると、クロは少しの沈黙のあと首を振った。

「名前……じゃないの？」

「……髪が、黒いから」

「あ、なるほど……。なら、あなたの名前はなんていうの？」

この流れでオリヴィアも名前を聞かれてしまうかもしれないが、この少年と会話ができるならそれでもいいと思った。

どうせ、父にこの居場所を知らせるために名前を教える予定だったのだ。ごろつき風情が、公爵家に敵うわけがないのだから。

しかし、クロは再び首を横に振った。

——もしかして、名前がないの？

思っていた以上に、クロの人生は悲惨なもののようだ。

オリヴィアは気付かれないように、ぎゅっと拳を握りしめる。ごろつきに顎でいいように使われ、名前すらもない少年。

この幸せな乙女ゲームの世界が、そんな場所であってほしくはないのに——。


ぐううぅ〜。


どうしようとオリヴィアが悩んでいると……静寂だった部屋に、クロのお腹が鳴る音が響いた。

「「………」」

二人の間に沈黙が流れる。

机の上にはオリヴィアに用意された温かい食事。そして部屋の中には力なく立っている痩せた少年。

オリヴィアは椅子を引いて、クロを見る。

こんなの、オリヴィアの選択肢は一つしかない。

「ねえ、お腹が空いたのなら食べたら？」

「………」

「わたくしは今、お腹いっぱいなの」

だから遠慮せずにどうぞと、オリヴィアはクロに座るようにと促す。——が、クロは動こうとしないし返事もしない。

「ううん、食べてほしいんだけど……」

——子どもが遠慮することなんてないのに。

お腹いっぱい食べて、健やかに成長してほしいとオリヴィアは思う。

——まあ、今はわたくしの方が年下だけれど……。

しかしふと、オリヴィアは気付いてしまった。

クロの耳が……ほんのわずかに赤い。

——もしかして、恥ずかしかっただけ？

初対面の相手にお腹の鳴る音を聞かれたら、それは確かに恥ずかしい。思ったよりも、クロにはまだ人間らしい部分がちゃんと残っていたようだ。

そのことに、ほっと胸を撫でおろす。

オリヴィアは、クロに優しく手を差し伸べた。

「わたくしは、オリヴィア・アリアーデルよ」

「――！」

名乗ったオリヴィアに、クロは驚く。

「あ……っ、名前、教えていいの……か？」

「構わないわ。だって、名前を知らない相手と一緒に食事をするのは嫌でしょう？」

「…………」

考え込むクロに、オリヴィアは「怖くないわ」と微笑む。

「ねえ、クロ。一人ではこんなにたくさんご飯を食べられないから、一緒に食べてくれないかしら」

「…………一緒、に……？」

「そう、一緒に」

クロはオリヴィアの手をじっと見つめてはくるけれど、同じように手を伸ばしてはくれない。

――もう少し時間が必要かしら。

別に急かすつもりはないので、それなら……と、オリヴィアは料理を見る。

椅子が二つあればよかったのだが、あいにくとこの部屋には一つしかない。必要最低限の家具が置かれているだけだ。

どうしようかと考え、椅子を机にすることにした。

ちょっとお行儀はよくないかもしれないが、床に座って二人で食べるのがきっといい。

オリヴィアは躊躇なく床に座り、椅子に置いた料理を見る。

黒パンが一つと、ウィンナーが二つ。ゆで卵が一つ。それから、思いのほか具が入っている温かいシチュー。

なかなか量が多いのは、男たちが食べる基準で考えたからかもしれない。

「ね?」

「……うん」

もう一押しすると、クロはゆっくり頷いてくれた。

「よかった!」

オリヴィアは立ち上がって、クロの手を取る。

「一人で食べても美味しくないもの。よろしくね、クロ」

「――っ!」

オリヴィアがそのままクロの手をぎゅっと握ると、その体がびくりと揺れる。もしかしたら、触れられることが苦手なのかもしれない。

――もしくは、殴られるとでも思った?

この環境にいては、そういった恐怖が植えつけられている可能性は高い。

「……さあ、食べましょう」

オリヴィアが微笑みながら告げると、クロはもう一度頷いた。


二人で向かい合わせに座り、手を合わせる。

「「いただきます」」

すると、クロは勢いよく黒パンにかぶりついた。

――よほどお腹が空いていたのね。

もう自分の分もすべてあげるので、残さず全部食べてほしいくらいだ。とはいえ、そうしてしまうとクロが遠慮してしまう。

「ねえ、黒パンはシチューにつけて食べると、柔らかくなって美味しいわよ」

そう言って、クロにシチューも勧める。

「……うん」

クロは恐る恐るシチューにパンをつけて口に含む。すると、先ほどとは違いぱっと目を見開く。

どうやら、シチューをつけた黒パンは美味しかったようだ。

――よかったよかった。

オリヴィアは「これも食べて」とクロにどんどん勧めて、お腹いっぱい食べてもらった。

食事が終わると、クロは急いで食器のトレイを持った。きっと、あまりのんびりしていると怒られてしまうのだろう。

オリヴィアの名前はクロに教えたので、彼は仕事をきちんとまっとうしたことになる。

——怒られないといいんだけど。

そんな心配をしていると、部屋を出て行こうとするクロが振り返った。

「あ、ありがとう……」

「——！」

自発的にお礼を言われ、オリヴィアは思わず「待って！」と声をあげる。

「あなた、ここの男たちに利用されているんでしょう？　このままでいいの⁉」

先ほど問いかけたことを、もう一度問う。

一緒に食事をして、ほんのわずかだが距離の縮まった今なら、先ほどの沈黙とは違う答えを得ることができるかもしれない。

すると、クロはうつむきながらも口を開いてくれた。

「……俺みたいな奴は誰も雇ってくれないから、こうでもしないと金が稼げない」

「お金……」

そう言ったクロに給金を聞くと、とても、とても安かった。

——わたくしがこの子を助けたいと思うのは、偽善かしら。

公爵家の娘であるオリヴィアにとって、貧しい者に手を差し伸べるのはとても簡単なことだ。

けれど、この世界すべてを救うなんて、きっとオリヴィアにはできない。

それでも……助けられるものは、助けたい。この世界を謳歌するのだと、生まれたときに決めたのだから。

そしてふと、クロの瞳のローズレッドに気付く。

「あなたの目、わたくしの髪と同じ色なのね。綺麗」

「……っ、綺麗だなんて、そんなこと、初めて言われた……」

オリヴィアの言葉に、クロは戸惑っているようだ。

けれど、オリヴィアはもう手を伸ばすと決めた。

「……クロ。ねえ、あなたにわたくしと同じ響きの『レヴィ』という名前をあげる。だから、今からわたくしの執事として新しい世界で生きなさい」

オリヴィアの言葉にクロ――レヴィは、驚いて目を見開いた。自分にそんなことを言う人がいるなんて、と。
けれどそれ以上に、レヴィの中に言葉にできないような温かさが生まれた。

――ちゃんとした、名前……。


先ほどまで死んだようだった目に、光が灯る。

なんて安易なと思うかもしれないけれど、そのたった一言で救われてしまうほど、レヴィの生活は惨めで悲惨だった。

じわりと目頭が熱くなる。

――ああ、どうしよう。

そんな言葉がレヴィの脳裏をよぎる。

何か言わなければ、そう思うがなんと言えばいいかわからない。

「…………」

言葉が出ないままレヴィが視線を送ると、オリヴィアはまっすぐこちらを見ていた。

「……っ！」

何も言わない彼女に、レヴィは息を呑む。

黙っているのに、何も言ってこない。それが不思議で、レヴィは目を瞬かせる。

どうして？

なぜ？

──あ。

もしかして。


──俺が返事をするの、待っててくれてる……？


いつもなら、すぐに返事をしなければ殴られるのに。

──優しい人、なんだ。


「……あ」

口を開くも、上手く言葉にならない。

そのことにぎゅっと拳を握りしめ、レヴィは泣きたい気持ちになる。

けれど、見ていたオリヴィアは優しく微笑んだ。

「大丈夫よ、ゆっくりでいいの」

「…………」

「人間、なんでもすぐにできるようになるわけじゃないわ。わたくしも、まだまだできないことはたくさんあるし、子どもだし……」

なかなか上手くいかなくて大変なのだと、オリヴィアが言う。

「……俺はとろくて、いつも怒られて……ばっかり、だ。それでも、いいの？」

レヴィがそう告げると、オリヴィアはぱちくりと目を瞬かせ、そして笑う。

「しっかりご飯を食べて、寝て、運動よ！　そうすれば、体も健康になって、なんでもできるようになるわ。わたくしがあなたの希望になるわ、レヴィ！」

「……っ、うん。俺、オリヴィア様の執事になる」

そう告げたレヴィの瞳からは、大粒の涙が零れた。

「オリヴィア様が誘拐された!?」

「どういうことだ、ちゃんと捜したのか!?」

「申し訳ございません……っ！」

場所は変わり、屋敷ではアリアーデル家の執事と侍女長にジュリアが頭を下げていた。

自分たちがついていながら、オリヴィアが連れ去られてしまったなんて失態——けれどそれ以上に、オリヴィアの身が心配で仕方がない。

執事は頭を抱えながら、すぐ公爵に伝えるよう通達を出す。

「奥様はお部屋にいらっしゃいますから、私が報告に行きます。ジュリアは少し休んで、落ち着いてください」

が、ジュリアはそんな指示に従うほど落ち着くことはできない。

「いいえ、わたくしにもオリヴィア様を捜させてください……っ！　お願いします、きっと、一人で心細くされております……っ!!」

「……わかりました。犯人からの要求が届くかもしれませんから、予定のない来客でも私へしっかり報せるよう徹底してください。急ぎではない仕事や明日以降でもできる仕事は後回しで構いません。全員、速やかに今できることをしなさい」

「はいっ!!」

執事の指示に、ジュリアや一緒に聞いていた使用人たちが返事をして動き出した。

――夜。

階下からは、男たちが楽しそうに酒盛りをしている声が聞こえてくる。おそらく、アリアーデル家へ連絡をし、色よい返事をもらえたのだろう。

オリヴィアは簡易ベッドの上で膝を抱えて、早く朝がくることを祈る。

「…………」

酒の力があると、気が大きくなりテンションの上がる人は多い。きっと、誘拐犯たちもその部類だろうとオリヴィアは予想する。

ここで下手に騒ぎを起こして、ほかの子どもたちに危害が及んだらたまらない。

今は耐えて、助けを待つ。

自分はなんて無力だろうと考えていると、部屋の扉が音を立てた。

「――っ⁉」

オリヴィアはバっと顔を上げ、いったいなんだと警戒し――しかしそこにいたのは、レヴィだった。

安堵の息をついて、オリヴィアは「どうしたの？」とレヴィに問いかける。

「わたくしの名前は、男たちに伝えたんでしょう？」

「は、はい……。アリアーデル家に、連絡をしたと言っていました。……ごめんなさい」

「別に謝ることはないわ。わたくしが教えたんだから」

むしろ、自分の名前を男たちに教えないことにより、レヴィが酷い目にあわされる方が何倍も嫌だ。

「それで……」

「レヴィ？」

オリヴィアがレヴィの名前を呼ぶと、ぎゅっと拳を握りしめた。おそらく、何らかの決意をしようとしているのだとオリヴィアは思う。

レヴィはまっすぐ、オリヴィアの瞳を見つめて――はっきりと告げた。


「俺が案内をするから、ここから逃げよう！」


「え……っ⁉」

予想もしていなかったレヴィの言葉に、オリヴィアは戸惑った
――さすがにそれは、危険なんじゃ……。

いくら男たちが酒盛りをしているとはいえ、まったく見張りがいないわけはないだろう。もちろん、レヴィであればそれを把握してはいるだろうけれど――。

「わたくしだけじゃなくて、ほかにも子どもがいるのよ。その全員が、無事じゃなきゃ駄目なの」

オリヴィアとレヴィの二人だけでは、逃げられないと判断し首を横に振る。

きっと、いつものレヴィ――クロだったのなら、その返事にすんなりと頷いただろう。

けれど今は、この環境から抜け出そうともがいている。

レヴィにも、レヴィなりの意地があった。

「もう、あいつらの好き勝手にはさせたくない。オリヴィア様の家にだって、迷惑をかけたくないんだ……！」

「レヴィ、あなたそこまで……」

オリヴィアは何が最善か、もう一度思案する。

確かに、自分を虐げてきた相手が美味しい思いをするのを傍で見る辛さは、よくわかる。

――だからといって、こっちに勝算があるかと言われたら……。

ない――と、思う。

さてどうすべきか――というところで、オリヴィアの耳に騒ぎが聞こえてきた。どうやら、誘拐犯の男たちが誰かと戦っているようだ。

「もしかして、もう？」

「下から……？」

レヴィは何が起こっているかわからないようで、おろおろしている。

「大丈夫よ、レヴィ。アリアーデル家に身代金の要求をしたんでしょう？　お父様が、助けに来てくれたのよ」

アリアーデル家の騎士たちは、とても優秀だ。

気配を探れば、この隠れ家のような場所に敵が何人いるかもわかるだろう。そのあとは、殺気を放つ奴らを倒してしまえばいい。

それを知ってからのレヴィは、早かった。

「オリヴィア様、これに乗じて逃げましょう！　今なら、あいつらが地下にいる子どもたちのところへ行く前に助けられます！」

「――っ、お願い、レヴィ‼」

こうなってしまっては、もう勢いに任せるしかない。


オリヴィアとレヴィは部屋を飛び出し、駆け出した。まずすべきことは、子どもたちの安全の確保だ。

廊下に出ると、先ほどよりも大きく声が聞こえてくる。その中には、オリヴィアの護衛を務めるライアンのものもあった。

となると、オリヴィアがすることは一つだ。

「レヴィ、どこか外が見える窓はない⁉」

「こっち！」

廊下の窓には板が打ち付けられているため、外は見られない。

レヴィに案内されて、すぐ近くの部屋へ入り――窓を開けて外を見る。数人の男とアリアーデル家の騎士が戦っているのが目に入った。

オリヴィアは机の上にあった紙とペンを使い、『地下室にいる誘拐された子どもを保護して』と書く。

オリヴィアは目いっぱい息を吸い――叫ぶ。

「ライアン！」

「オリヴィア様⁉」

すぐに気付いてくれたライアンに、オリヴィアは先ほどのメモを丸めて投げる。

それを受け取ったのを見て、すぐその部屋から出る。男たちは、間違いなくオリヴィアのことを人質に取ろうとするだろう。

「レヴィ、逃げるわよ‼」

「う、うんっ！」

レヴィを先頭にして、オリヴィアはそのあとに続く。

男たちに遭遇する前に、どうにかしてライアンたちの下へ行かなければいけない。でなければ、捕まってこちらが不利な状況になる。

――地下の子どもたちは、みんなが助けてくれるから大丈夫！

自分はただ、無事にこの建物から出ることだけを考えればいい。

「オリヴィア様、こっちの階段を使いま――っ⁉」

しかしレヴィが下りようとした階段から、男が一人上がってきた。その手には剣が握られていて、今にも斬りかかってきそうだ。

「――っ！」

オリヴィアはひゅっと息を呑み、体が硬直する。

今まで剣を扱う人の姿は護衛騎士の鍛錬などで見たことはあるが、それが自分に向けられたのは初めてだ。

嫌な汗が背中を流れ、もしかしたらもう駄目なのでは？　と、弱気な思考がよぎる。

「おいおいおいおい、クロぉ。お前、俺たちを裏切ってその嬢ちゃんにつくつもりか？　ああっ⁉」

ドスの利いた大声が、廊下に響く。

男はレヴィが裏切ったことにイライラしているようで、舌打ちをしている。――が、もうそれに屈するレヴィではない。

「俺は、お前たちを仲間だと思ったことは……ない！」

「んだとぉ？　言うじゃねえか、何もできねえくせによ‼」

男は力任せに壁を殴りつけ、レヴィを睨む。

オリヴィアがその迫力に怯えて一歩下がると、今度はにやにやと不気味な笑みを浮かべてきた。

「ん〜、お嬢ちゃんの仲間になったんなら、この責任はもちろん……お嬢ちゃんが取ってくれるよなぁ？」

「……………っ」

　にんまりと笑った男は、オリヴィアたちを逃がすつもりはないようだ。それを見て、レヴィが両手を広げてオリヴィアの前に立つ。

「……オリヴィア様に、手出しはさせません」

　わずかに震えるレヴィを見て、オリヴィアは心臓がしめつけられる。自分だって怖いくせに、オリヴィアのために懸命に踏ん張っている。

　――あんなに、絶望した目をしていたのに。

　小さくて守らなければいけないと思った背中が、一瞬でこんなにも勇敢で大きなものになってしまった。

　けれど、この男に真正面から立ち向かうのは得策ではない。

「レヴィ！　駄目よ、危険だわ」

　ここは二人で逃げる道を見つけなければいけない。

　だって子どもの力で、特に体の大きなこの男にどう対抗すればいいのか。きっと、レヴィなんて一瞬でやられてしまうだろう。

——そんなのは嫌！

レヴィがやっとここから逃げ出す決意をしたばかりだというのに、邪魔(じゃま)されていいはずがない。

しかし無情にも、男の剣がレヴィへと振り下ろされる。

「……っ!!」

オリヴィアは息を呑み、声にならない声をあげる。

剣はレヴィの肩口をかすり、血がにじむ。

「レヴィ!!」

「——っ、大丈夫、です」

レヴィはふらつきながらも、両の足でしっかりと立っている。血が出ているのに、大丈夫なわけがないのに。どうにかして、レヴィは一度うしろへ下がる。

心配そうにするオリヴィアに、レヴィは微笑む。

「殴られていたのに比べたら、どうってことないです」

「だからって……っ、ここで取り乱したら……あいつの思(おも)う壺(つぼ)、よね」

声を荒らげたいほどの衝動(しょうどう)を抑(おさ)えて、オリヴィアは声を潜(ひそ)めレヴィに問う。

「ほかに階段はないの？」

遠回りになっても、その方が安全かもしれない。

オリヴィアはそう考えたが、残念ながらそう階段がたくさん用意されているわけではないようだ。

「階段はないです、ここだけで。でも、俺に考えがある」

「考え？」

オリヴィアがその内容を聞く前に、レヴィは男の方へ向かって駆け出した。

「レヴィ⁉」

「なんだクロ、戻ってくる気になったか」

そんなことを言って笑う男に、レヴィはにこりと笑う。

狙うは一点、男の足元だけ。

階段横に装飾品として置かれていた壺を、レヴィは思いっきり男の足元へ叩きつけた。

相手が一瞬ひるんだところを、見逃さない。

「こっち、オリヴィア様！」

「ええっ！」

レヴィの声を信じて、オリヴィアは床を蹴り、走り出す。

しかしすぐそこにいるはずのレヴィが、ひどく遠い。

「レヴィ！」

「はいっ！」

数秒でレヴィの下へ辿り着いたが、とても長い時間だった気がする。

レヴィがオリヴィアの手を引き、階段を駆け下りる。外へ出てしまえばライアンと合流できるので、こっちのものだ。

が、男はすぐに追ってきた。

「ふざけんな！」

吠えて、剣を大きく振り上げる。

「……っ、俺だって、オリヴィア様を守るくらいはできる……っ‼」

レヴィは懐に隠していたナイフを取り出して、男の剣に対抗する。しかし受け止めはしたものの、相手のパワーが強すぎた。

そのまま男は剣を振り下ろし、今度はレヴィの反対側の肩口を斬りつけた。

「――っ！」

「レヴィ‼」

赤い血が垂れて、レヴィの呼吸が浅く速くなる。

するともう一度剣が振り上げられて、今度はオリヴィアへと向けられた。次は自分の番だと、オリヴィアはぞわっとした恐怖に襲われる。

しかし、そんな状況でもレヴィは笑った。

「お前なんかに、オリヴィア様は指一本触れさせない」

レヴィはオリヴィアをぎゅっと包み込むように抱きしめて、転げるように階段を下る。

オリヴィアが怪我をしないようにと、その衝撃はすべてレヴィが体で受け止める。

「ちょ、レヴィっ！　やめて、あなたひどい怪我をしてるのに!!」

「これくらい、大丈夫！」

転げ落ちるようにして一階へ着くと、レヴィは立ち上がって再びオリヴィアの手を取った。あと少しで、外へ続くドアがある。

「ここまで来れば、もう大丈夫です！」

「……っ、もう、無茶ばっかりするんだから……っ!!」

視界に入ったドアへ、オリヴィアとレヴィはがむしゃらに走った。

ドアを開けると、アリアーデル家の騎士たちがほかの男たちを取り押さえているところだった。

ライアンの姿はないので、子どもたちを助けるために地下室へ向かってくれているのだろう。

――今はそれよりも、早くレヴィの治療をしなきゃ！

「誰か！　レヴィを、この子を助けて!!」

「オリヴィア様‼」

騎士たちはオリヴィアの声を聞き、すぐに駆けつけてきてくれた。これで助かる、そうほっとしたのも束の間で——レヴィを斬りつけた男が追ってきた。

しかし今、オリヴィアの周りには十人の騎士がいる。

それを相手に、男が何かできるとは到底思えない。

騎士たちが男へ向かっていったのを見て、オリヴィアはほっと胸を撫でおろす。——が、すぐに大きく目を見開いた。

男が、手に持っていた剣をオリヴィアに向かって投げたからだ。その瞬間、男は騎士たちに取り押さえられたが、手を離れた剣はどうしようもない。

「——っ！」

走馬灯のようなものが、オリヴィアの中を駆け巡る。

——まだ、この世界の全部を見ていないのに。

こんなところで死んでしまうの？　と。

——あ、待って？

もしここで自分が死んだら、誰が悪役令嬢を演じるの？

そう考えた瞬間、オリヴィアは死ねない!!　と、目を見開く。

でも、どうしたらいい？　そう考えているうちに、剣は眼前までやってきた。あ、やっぱりこれは詰んだ――そう思った瞬間、自分の目の前で剣先が止まった。

「え……？」

オリヴィアはぽかんとして、呆けた顔になる。

ゆっくり剣先を辿ると、レヴィが剣先を両手で摑んでいた。手は切れて、ぽたぽたと血が垂れている。

「レヴィ!!」

「よかった、間に合った」

「間に合ったって……あなたの手が血だらけじゃない！　見せて!!」

レヴィの摑んでいた剣を放り投げて、オリヴィアはその手を見る。ぱっくりと切れてしまっているが、そこまで傷は深くはないようだ。

これなら治療すれば、すぐによくなるだろう。

「ああもう、心臓が止まるかと思った」

そう言って、オリヴィアはレヴィを抱きしめた。

これ以上無理をしないで、勝手な行動をしないでと、そういう想いも込めて。

「オリヴィア様……」

「でも、お礼を言わないといけないわね。ありがとう、レヴィのおかげでわたくしは助かったわ。いくら感謝しても、しきれないわ」

オリヴィアが涙を浮かべながらそう伝えると、レヴィは初めて嬉しそうに笑った。

「オリヴィア！　無事でよかった‼」

「ああ、オリヴィア……！　怪我はしていない？　もっと顔を見せてちょうだい」

「ヴィー、どれほど心配したと思ってるんだ……‼」

「わたくしは怪我一つありませんわ、お父様、お母様、お兄様」

家に帰ると、オリヴィアはオドレイとクローディアとクロードにこれでもかというほど抱きしめられた。

ぎゅうぎゅう抱きしめられすぎて、潰されてしまうかもと思ったほどだ。

無事の再会を喜び、オリヴィアはさっそく両親にレヴィのことを報告する。

「わたくしを助けてくれたんです。この子――レヴィを、わたくしの執事にします！」

「執事に……⁉」

オリヴィアの言葉に、オドレイは驚いて目を見開いた。まさか、七歳の娘がそんなことを言ってくるなんて……と。

まだ家族以外の男の名前をオリヴィアの口から聞くことはないと思っていたのに。

動揺しているオドレイとは違い、クローディアはレヴィの様子を教えてくれた。

「あの子はレヴィというのね。無事に治療が終わって、今は寝ていると報告を受けているわ。ね、あなた」

「あ、ああ。しかし執事か……」

むむむと悩んだオドレイを見て、オリヴィアは「お願い！」と頼む。

「レヴィがいなかったら、わたくしは死んでいたわ!!」

「う……っ」

それを言われてしまうと、どうにも反論がしにくい。

自分がつけていた護衛のライアンはオリヴィアから目を離し、誘拐される事件にまで発展してしまったのだから……。

「……わかった。彼をオリヴィアの執事として認めよう」

「ありがとう、お父様！」

こうして、レヴィは正式にオリヴィアの執事になった。

　オリヴィア誘拐事件からひと月。

　レヴィの怪我は治り、穏やかな毎日が訪れた。

「執事の仕事って、思いのほかたくさんあるんですね」
「嫌になった？」
「いいえ。むしろ、やり甲斐があって嬉しいです」
　この一ヶ月の間、レヴィは体を第一に療養していた。安静にしている間、栄養のある食事をとっていたため、痩せていた体も肉付きがよくなった。

　オリヴィアの執事となった、レヴィ。

　薄汚れていたレヴィは、お風呂に入って汚れを落とすと、とてつもない美少年になった。長かった髪は短く整え、黒の執事服に身を包む。

　もう誰も、スラム出身の子どもだとは思わないだろう。

レヴィは安静にしていた間、まったく何もしなかったわけではない。

ただ寝ているだけでは落ち着かないので、言葉遣いを学んだ。

レヴィはとても貪欲に知識を求め、一度聞いたことは忘れなかった。そのため、言葉遣いに関してはあっという間に身に着けてしまった。

これには、オリヴィアも感心するばかりだ。貴族の令息たちの手本になることだって、できるかもしれない。

――もしかしなくても、とんでもない高スペック男子？

むしろここまできたら、攻略対象キャラクターだと言われても納得してしまう。

――でも、こんなキャラはいなかったのよね。

「どうしましたか？　オリヴィア様」

「レヴィが優秀すぎて驚いたの。……正直、わたくしにはもったいないくらいだわ」

「お褒めいただき光栄です」

優しく微笑み一礼するレヴィを見て、いったい誰がこんな風になると予想しただろうか。

「まあ、いいわ。わたくしも、レヴィに恥じない主人になるよう頑張るだけだもの」

「オリヴィア様はそのままでも十分素敵です」

「レヴィったら」

気付いたときにはもう、レヴィの目にはオリヴィアが光のように映っていた。

用意された数着のドレスを前に、オリヴィアは振り向いて控えている執事を呼ぶ。

「ねえ、レヴィ。今日のドレスはどれがいいかしら？」

「この桃色のドレスはいかがですか？　背中側のレースのリボンがとても素敵ですよ」

公爵家の令嬢だけあって、着るものには不自由しないけれど、ありすぎても逆に選ぶのが大変だ。

「ん～ピンク……可愛いけれど、あまり悪役っぽくない色ね」

オリヴィアは首を振り、違うドレスはないだろうかとレヴィに問う。

今日は、アイシラを含めた数人の令嬢とお茶会。

まだゲーム本編が始まっていないということもあって、オリヴィアとアイシラの仲は比較的いい。

というか、普通にお友達をしている。

しかし最近になって、オリヴィアはアイシラと会う回数がぐっと減った。

それは、レヴィと一緒に聖地巡礼をしているからだ。

ここ、『ラピスラズリの指輪』の世界を余すことなく見たい！　そのオリヴィアの熱意に、レヴィはただただ頷いてくれた。


「悪役令嬢のようなドレスをお望みですか？　でしたら……」

思案したレヴィが取り出してきたのは、深みのある青のドレスだ。

青いドレスの生地の下からは、白いフリルスカートが見えていてとても可愛らしい。腹部には大きめのリボンがつけられている。

オリヴィアは頷いて、そのドレスを着ることにする。

「着替えるから、ジュリアを呼んできてちょうだい」

「かしこまりました」


レヴィが退室したのを見て、オリヴィアはソファへと腰かける。

さて、今のやりとりで気付いた人もいるだろう。

レヴィは、ここがゲームの世界であること、オリヴィアが悪役令嬢であることを理解している。

厳密に言えば、オリヴィアが興奮してゲームに関する独り言を呟き続けて、レヴィが自然と覚えてしまっただけなのだが……まあ、仕方がない。テンションが上がっていたときのことは許してほしい。

それをにこにこ聞いて、すべて暗記しているレヴィもレヴィだけれど。

ということで、レヴィはオリヴィアの『独り言』というピースを自分の中で組み立てて、この乙女ゲーム世界を理解してしまったのだ。

しばらくして、ジュリアがやってきた。

「お待たせいたしました、オリヴィア様。すぐにお支度いたしますね」

「ありがとう、ジュリア」

「今日は人数の多いお茶会ですものね。オリヴィア様を一番お綺麗にいたします!!」

ジュリアはさっそく支度にとりかかった。

ドレスのスカートを整えながら、ジュリアがレヴィの話題を振る。

「そういえば、使用人の間でもレヴィは優秀だと評判がいいですよ。オリヴィア様のことも身を挺して庇って……騎士の鑑のようでもありますね」

「わたくしも驚かされてばかりよ」

最初はレヴィに対して困惑していた使用人たちも、今は好印象しか抱いていない。

それだけレヴィが真面目に働き、公爵家の使用人の信頼を勝ち取ったということだ。

――というか。

レヴィはいつでも『オリヴィア様を尊敬している』オーラのようなものが漏れ出ているので、微笑ましく見られているのかもしれないけれど。

ジュリアが髪のセットを終わらせて、「完璧です」と微笑む。

「ありがとう。そろそろ時間だから、ちょうどいいわね」

さて、久しぶりにヒロイン――アイシラとのお茶会だ。

今日は同じ年ごろの令嬢を集めて、アリアーデル家でお茶会が開かれている。

主催のオリヴィアと、ヒロインのアイシラ。それから、伯爵家の令嬢姉妹二人と、男爵家の令嬢一人で合計五人。

まだ幼いこともあり、マナーなどはあまり気にせず楽しく過ごす……ということが目的のようだ。

レヴィの役目は、お茶を用意してセッティングすること。

ティーカップを温め、茶葉を用意し、ミルクとレモンに砂糖。好みの味で飲んでもらえるように、配慮は欠かさない。

レヴィがお茶会の席で紅茶を用意していると、少女たちが緊張しているのがわかる。会話も、あまり弾んでいない。

会話の代わりに、お茶を飲んでその場をしのぐ……といった感じだろうか。

レヴィはため息をつきたいのを堪えて、令嬢たちを見る。

——やっぱり、オリヴィア様の所作が一番美しい。

オリヴィアは格別。

一つ一つの所作はもちろんのこと、その動作は指の先まで美しい。

本当に七歳なのだろうか？　と、そう思ってしまう。

——ああそうか、オリヴィア様は前世の記憶があるのでした。

彼女は前世の記憶を持っていて、この世界のことにとても詳しい。まるで神のようだが、オリヴィアはレヴィにとって神も同じだ。

オリヴィアが乙女ゲームのことを考えているときは……それはそれは幸せそうな顔をしている。

テンションが上がった結果全部口からもれてしまうので、余すことなくこちらに聞こえてしまっているけれど……。

　それからしばし、レヴィは無言で控えた。

（さてと、そろそろお茶のお代わりを持って行きましょうか）

　お茶を乗せたワゴンを押していくと、すぐにオリヴィアが気付いてくれた。

「レヴィ！　ありがとう」

「新しい紅茶をご用意いたしました」

　そう言ってレヴィが腰を折ると、オリヴィアが嬉しそうに口を開く。

「みんなにも紹介するわ。わたくしの執事の、レヴィよ。今後は顔を合わせることも多いと思うから、よろしくね」

「どうぞよろしくお願いいたします」

　丁寧に頭を下げ、挨拶をする。

　まさかオリヴィアの友人に紹介されるとは思ってもみなかったので、嬉しくて心臓が飛び出てしまいそうだ。

「オリヴィア様は専属の執事がいるんですか？　すごい……。わたくしはアイシラ・パールラントです。よろしくお願いします」

　にこりと可愛らしく微笑んだアイシラに、レヴィも笑みを返す。

　オリヴィアの独り言によると、オリヴィアはこの方に将来婚約者を奪われてしまうのだという。さらには、オリヴィアの運命も握っているとか。

——正直、そんなすごいご令嬢には見えません。

オリヴィアの方が何倍も何百倍もすごいとレヴィは思う。

——っと、今は紅茶のお代わりを準備しないと。

「今日のために、オリヴィア様がご用意したラピスラズリ王国原産の紅茶です。ミルクが合うので、一緒にご用意させていただきました」

ラピスラズリ王国の名前を口にすると、オリヴィアの目が輝いた。

オリヴィアの好きな国ランキングは、マリンフォレスト王国とラピスラズリ王国が同列で一位。

しかしこれは無理やりつけた順位で、本当ならこの世界まるごと全部一位！　というのがオリヴィアの主張だ。

たまに、『世界を抱きしめたい～！』と言って地面にうつ伏せになっていたこともあった。同じ気持ちを共有したくてレヴィも一緒にうつ伏せになったら、後からやめなさいと執事長に怒られた。

この世界のすべてを抱きしめるオリヴィアの素晴らしさがわからないなんて、可哀相な人だ。

「わあ、いい香りの紅茶ですね」

「でしょう？　わたくしのお気に入りなんです！　ほんのり甘みがあって、まるで夢心地にしてくれるラピスラズリ王国そのものですわ〜！」

「………………」

オリヴィアが熱く語ると、アイシラはぽかんと目をぱちくりさせた。こんなにも語るオリヴィアを、初めて見たからだろう。

「オリヴィア様は、ラピスラズリ王国がお好きなんですか？」

「ええ。行ったことはないのですが、いつか旅行したいと思っています」

ずばり、オリヴィアが大好きな聖地巡礼だ。

行き先に隣国も含まれているのは知っていたので、レヴィも近いうち行くことになるだろうなとは思っている。

すると、伯爵家の姉妹が口を開いた。

姉がルーナで、妹がリーナだ。

「わたくしたち、ラピスラズリに何度か行ったことがあります」

「母の出身がラピスラズリなんです」

「まああっ！　素敵！　羨ましいわ、ラピスラズリ！　馬車での移動ですよね、疲れたりはしませんか？　わたくし、そこまで長時間乗ったことってなくて……」

伯爵姉妹の母の出身地までは知らなかったようで、オリヴィアの食いつきがすごい。きっと、もっと詳しい話が聞きたくて仕方がないのだろう。

後日お茶会に招待するため、手紙の準備をしておこうとレヴィは行動メモに記す。

「ラピスラズリには、珊瑚を持って行ったりするんですよ」

「向こうで、ネックレスにしてもらうんです」

「なるほど……！　ラピスラズリには腕のいい職人が多いと聞いたことがあるわ」

自分が行くときも、同じように未加工の珊瑚や真珠を持って行こうと考えているのだろう。それの手配も、執事である自分の仕事だろうとレヴィは頷く。

しかし、その役目は取られてしまった。

「でしたら、わたくしが珊瑚をご用意しますわ」

「本当ですの⁉　ありがとうございます、アイシラ様！」

アイシラの申し出に、オリヴィアはこれでもかというほどに喜んでいる。

――まあ、仕方がない。

パールラント家の珊瑚といえば、この国で一番の品質だということは誰もが認めている。

レヴィはオリヴィアが望むなら、深い海の底まで潜って取ってきたっていいというのに
……それでも、アイシラの用意する最上級の珊瑚には敵わないだろう。

気付けば、緊張からあまり会話の弾んでいなかったお茶会は、とても賑やかなものになっていた。

伯爵家の姉妹はとても楽しいようで、身振り手振りを使いながらラピスラズリのことを必死に話している。

――場の雰囲気を、オリヴィア様が変えた……。

さすがだと、改めて思う。

同時に、こんなにも素晴らしいのに、どうしてオリヴィアが悪役令嬢なのだろうかという疑問も浮かぶ。

ヒロインでいいのでは？　と、思ってしまうのだ。

けれど、オリヴィアは自分がヒロインになりたいとは一言も口にしない。

レヴィはオリヴィアの独り言を聞いているので、『追放エンド』を目指していることを知っているけれど――それがひどくもったいないと、そう思った。

オリヴィア・アリアーデル、九歳。

今更ながらに何も聞いてこないレヴィのことが不安になってきた。

別に、無自覚だったわけではないのだが――

「わたくしって、独り言多いわよね⁉」

それはある意味前世からの癖のようなもので、特にテンションが高まるとヒートアップしてしまう。

何回もそんなことがあったのだが、レヴィはいつも笑顔でいるだけ。注意を受けたことなど、一度もない。

加えて、オリヴィアに、それはどういうことか？　など、聞いてきたりすることもない。

「正直に言って……乙女ゲームの設定やらなんやら、全部独り言で喋りつくした気がするわ……！」

つまりレヴィはこの世界のことを一通り知ってしまっている……ということだ。

妖精や妖精王のことはまだいいかもしれないが、独り言の中には王城の隠し通路のことなども含まれている。

王族でないオリヴィアが知っているだけでも問題なのに、平民のレヴィが知っているとばれたら……いったいどうなってしまうことか。

もちろん、レヴィも単なる子どもの妄想だと聞き流してくれているかもしれないが。

「というか、それ以外ないわよね？」

優秀なレヴィの主人として、立派な淑女でいようと決めたのに……まさかオタク根性のせいでそれが果たされないなんて。

なんということだろうか。

オリヴィアはレヴィに、自分のことを妄想癖のある変な子どもだと思っている？　そう聞きたい気もするけれど、結果が怖い。

そんなことをもやもや考えていたら、ノックの音とともに「レヴィです」という声がした。

「……どうぞ」

「失礼いたします。オリヴィア様、どうしましたか？　なんだかお顔の色がすぐれませんが」

「レヴィ……」

そこまで顔色が悪いだろうかと思いつつ、オリヴィアは腕を組んで「うぅぅ～ん」と悩む。

「何か悩みがあるなら相談してください。その憂いはすべて私が排除いたします」

「…………」

笑顔で言うレヴィに、この執事は本当にオリヴィアのことを第一に考えるなと思う。

彼をどん底生活から救ったという恩義を感じているのかもしれないが、それにしたって行きすぎだ。けれど——確かなことが一つある。

——これから先、何があってもレヴィだけはわたくしを裏切らない。

乙女ゲームの悪役令嬢に転生したオリヴィアは、自分に家族以外の味方なんてできないのではないかと思っていた。

仮に婚約者である王太子アクアスティードと仲良くできても、最終的に選ばれるのはヒロインであるアイシラ——ということになるのだから。

「ねえ、レヴィ」

「はい」

「レヴィはきっとこの先……わたくしを裏切ったりしないわね」

「もちろんです」

なんのためらいも動揺も見せることなく、肯定されてしまった。

「わたくしね、悪役令嬢なの」

「はい、存じています」

「…………………」

精いっぱいの告白を、普通に頷かれてしまった。

「わたくしは悪役令嬢——悪役なのよ、レヴィ！」

わかっているの⁉

そんな気持ちを乗せて叫んでみたが――

「悪役令嬢でも、ヒロインでも、そのような上辺の名前なんて私には関係ありません。オリヴィア様に、忠誠を誓っているのですから」

そう言って、レヴィはオリヴィアの手の甲へそっと口づける。

「レヴィ……」

忠誠のキスなんて、初めてだ。

無意識のうちに、心臓の鼓動が速くなる。

レヴィのローズレッドの瞳が、オリヴィアだけを見つめてくる。まるで、乙女ゲームのスチルのように。

けれどそんなシリアスな場面は一瞬で、レヴィはにっこりと微笑む。

「オリヴィア様が悪役令嬢になれるよう、サポートいたします」

「……ありがとう、レヴィ」

めちゃくちゃ肯定されてしまい、オリヴィアは苦笑する。

とてもありがたい申し出だ。

しかし‼

「悪役令嬢ってどういう存在なのかとか、悪役になんてなったら駄目だとか、そういう疑問はないの？」

「そう言われましても……私はオリヴィア様の望みを叶えたいだけです。ここ、乙女ゲーム『ラピスラズリの指輪』の続編の世界を謳歌するのでしょう？」

「………」

思ったよりもレヴィが理解していて、オリヴィアは口を噤む。

――うぅ、正面から言われるとなんだか恥ずかしいわ。

わかったことは、レヴィがオリヴィアの独り言を予想以上にしっかり把握しているということだろうか。

「それに、たくさんの場所へ聖地巡礼に向かうのでしょう？　馬車や宿の手配など、すべてお任せください」

「そっ、そんなに至れり尽くせりなの⁉」

「もちろんです」

――聖地巡礼もちゃんと理解してる……‼

しかも執事だから、サポートもしてくれる……‼　こんな最高なこと、ほかにあるだろうか？　きっとない。

「ゲームの開始と同時──いえ、それより少し前がいいでしょうか。悪役令嬢として、自分の婚約者へ無意識にアプローチしてくるアイシラ様をいじめるのでしょう？」

「え、ええ……！」

「でしたら、何通りかプランを用意しておきましょう。いじめるにしても、パターンがなければただの馬鹿になってしまいます」

　もしかしたら自分より自分の人生を考えてくれているのでは？　とオリヴィアは思う。

正直、そこまで綿密な計画は立ててはいなかった。

　──そう考えると、これほど心強い味方はいないわ！

「つきましては、オリヴィア様にお願いがあります」

「え？」

突然、レヴィからお願いをされて目を瞬く。今まで、レヴィはオリヴィアに自分の望みを言ったことがなかった。

すべてにおいて、『ＹＥＳ』と返事をするだけで、レヴィの要望は聞いたことがない。

自分に尽くしてくれるレヴィにそんなことを言われて、断るわけがない。

「もちろんよ、何？」

「夜だけでいいのですが、しばらく外出の許可をいただけますか？」

「外出……？　もちろん構わないけれど、何かあるの？」

もし用事があるならば、日中に行ってくれても構わない。そんな軽い気持ちで聞いたオリヴィアだったが、予想していなかったレヴィの答えに驚く。

「実は、戦闘の稽古をつけていただけることになったんです」

「……え？　銭湯？」

もしやこの執事は、自分のために温泉でも掘ろうとしているのだろうか。

そんなことが本気で脳裏をよぎると、「違います」というレヴィの声にハッとする。

「戦闘です」

「レヴィ、もしかしてわたくしの執事が嫌になってしまったの？」

騎士あたりに転職を考えているのだろうか。

オリヴィアが焦りながら問いかけると、くすりと笑って「違いますよ」と言う。

「私はオリヴィア様を守れる執事でいたいのです。今までは筋力系の鍛錬を自分でしてきましたが、今後は技を磨こうと思いまして」

「え、鍛錬してたの？」

「早朝と深夜だったので、オリヴィア様は寝ていました」

まさかそんな時間に鍛えていたなんて！　と、オリヴィアは驚く。

「でも、レヴィは見た目すらっとしてるけど……」

もしかして腹筋が割れていたりするのだろうか？　そんなことを考えて、じいっとレヴィのお腹に視線を送る。

レヴィはすぐそれに気付き、「見ますか？」と聞いてきた。

「触っても構いませんよ」

「ななな、何を言っているの！　そんなこと……っ！」

服に手をかけたレヴィを見て、オリヴィアは両手で顔を隠しながらぶんぶんと首を振る。

しかし指の隙間からしっかりガン見しているところが、なんともオリヴィアらしい。

――貴族の娘が結婚前に、はしたないわ！

でも欲望には逆らえない見たい!!

そんな葛藤を見ながら、レヴィはあっさりとほかの話題を振る。

「そういえば、旦那様からお話があるそうです」

「え、お父様が？」

「はい。夕食のときに話すそうで、必ず時間通りに来るように……と」

どうやら、レヴィが訪ねてきた本題はこれだったようだ。オリヴィアは頷いて、夕食の時間までのんびり過ごした。

ちなみに、レヴィの腹筋には触れなかった。

オリヴィアが夕食の席へ着くと、オドレイが満面の笑みを浮かべていた。隣にいるクローディアも同様だ。

兄のクロードは何も知らないようで、機嫌のいいオドレイを不思議そうに見ている。

――お父様ったら、よっぽどいいことがあったのね。

運ばれてきた食事を食べ始めると、オドレイはうずうずしながら「食べ終わったら話がある」と言った。

どうやら、今すぐに教えてもらえるわけではないようだ。

嬉しい話なら食事の間にしてしまえばいいのにと思いつつ、オリヴィアは頷いた。


食事を終えると、レヴィが紅茶を用意してくれた。

レヴィはセッティングをし、オリヴィアの後ろに控える。

すると、なんの前ふりもなくオドレイが本題を切り出してきた。

「オリヴィア、お前とアクアスティード殿下の婚約が無事に結ばれた！」

「…………え？」

告げられた言葉に、オリヴィアは開いた口がふさがらない。驚くのを通り越して、呆然としてしまった。

　というか。

「結ばれた……んですか？」

「ああ。アクアスティード殿下はとても素晴らしい方だよ。これでオリヴィアの将来も安泰だろう！」

　嬉しそうに言うオドレイに、オリヴィアは作り笑いを浮かべるしかない。

　アクアスティードと婚約することはゲームで知っていたが、まさか自分に無許可で成立してしまうとは！　と。

　いや、もちろん推しとの婚約はとても嬉しい。

　しかし今まで会話をしたこともなければ、一度も顔を合わせたことすらない。

　貴族って怖い。

　――でも、政略結婚なんてこんなものかしら。

　考え込んでしまったオリヴィアを見て、オドレイは不安そうな顔をする。

「どうした、嬉しくないのか？」

「あなた、オリヴィアはアクアスティード殿下にお会いしたことがありませんよ。わからなくても、仕方がないわ」

「近いうちに顔合わせの準備が必要だな。いいね？　オリヴィア」

オドレイはオリヴィアがアクアスティードの妃になり、幸せな未来を掴むことを確信しているようだ。

——そりゃあ、アクアスティード殿下はこの国の王太子だもの。

舞い上がってしまうのも、わかる。

というか、静かに、しかし激しく……オリヴィアの脳内はとんでもない大騒ぎ状態になっていた。

普段であれば『ひゃーやばい！』『どうしよう尊すぎて死ぬ』『無理……』『あああ』と大量の語彙力のない言葉が出てくるところだが……今回はその段階を通り越して言葉が出てきていない。

いっそ尊死してしまったのかもしれない。

——婚約者になったら、アクアスティード殿下とデートをしたりするのかしら。

生身の体で？

いやいやいやいや、それは考えただけでも鼻血が出てしまう。ゲーム画面越しだってやばいくらいに興奮していたのに。

オリヴィアはとっさにハンカチで鼻を押さえ、ゆっくり深呼吸をする。冷静に、冷静にと自分に言い聞かせ目を閉じる。

浮かんでくるのは、アクアスティードの最高なスチルたち……。

——ああっ！　そうじゃなくて!!

これでは心が落ち着くどころか動悸が激しくなるだけだ。

はたから見たら百面相のようなオリヴィアに、オドレイは「やはり嬉しかったようだな」と笑顔になる。

「日程が決まったら教えるから、いつでも王城へ行ける支度をしておきなさい」

「……！　は、はい」

このイベントは決定のようだ。

——でも、もしかしてこれはゲーム開始前のアクアスティード殿下を見られる絶好のチャンス？

と、オリヴィアは悟りを開いた。

しかし悟りを開いても心が落ち着くわけではなく……じわりと、オリヴィアのハンカチが赤く染まってしまった。

「ああっ、ヴィー！　大丈夫？」

すぐにクロードが駆けつけてきて、オリヴィアの背中を撫でてくれる。

「急に婚約だなんて言われたら、びっくりしてしまうよね」

いい子いい子と、頭を撫でてくれる。

「ありがとうございます、お兄様」

新しいハンカチをもらい、鼻を綺麗にする。

すぐにオドレイとクローディアもオリヴィアの横に来て、頭を撫でてくれる。

「オリヴィア、大丈夫か？　すぐに医師を呼ぼう」

「辛(つら)いところはない？」

「お父様、お母様、わたくしは大丈夫ですわ。お医者様も、必要ありません。……でも、部屋で少し休んでいます」

推しへの愛からあふれ出た鼻血なので、医者は呼ばないでいただきたい。

「ああ、それがいい」

「そうね、無理はよくないわ」

頷く両親の横で、クロードがすっと手を差(さ)し伸(の)べてくれた。

「ヴィー、僕が部屋まで送るよ」

「ありがとうございます、お兄様」


部屋に戻(もど)ると、レヴィが開口一番、祝いの言葉を述べた。

「オリヴィア様、婚約おめでとうございます。次期、マリンフォレストの王妃(おうひ)ですね」

「心にもないことを……。わたくしが婚約破棄(はき)されてしまうの、あなたは知っているでしょう？」

「しかし、アイシラ様がアクアスティード殿下を選ばなければ、殿下はオリヴィア様とご結婚するのでしょう？」

……確かにそうだ。

ヒロインであるアイシラがアクアスティードを選ばなければ、オリヴィアはのほほんと暮らすことができる。

しかし、しかし――だ。

「わたくし、ずっと考えていたのだけれど……」

「はい？」

「アクアスティード殿下を好きにならない人なんていないわ」

「…………」

オリヴィアの出した結論は、この世界に転生してからなんとなく、ずっと考えていたことだ。

完璧な王太子に恋をしない女がいるのか？　いない、とオリヴィアは断言する。

「そりゃあ、ほかのキャラを推している人もいたけど……現実で、生身のアクアスティード殿下が迫ってくるのよ？　考えただけでも死にそう」

「私はお姿を見たことがありませんので、なんとも」

「見る機会なんてそうそうないものね……」

かく言うオリヴィアも、アクアスティードのことはゲーム画面越しでしか知らない。

オリヴィアとアクアスティードの初顔合わせがあるらしいが……おそらく早くても、調整までに一ヶ月はかかるだろう。

それだけ待たなければいけないとなると、どうにも気になってしまう。

「ねえ、レヴィ。こっそり、アクアスティード殿下を見に行ってみましょう？」

「はい」

マリンフォレスト王国の王太子、アクアスティード・マリンフォレスト。

年齢（ねんれい）はオリヴィアと同じ九歳。成長した暁（あかつき）には、ゲームのメイン攻略（こうりゃく）対象キャラクターとなる。

その美しい姿を見て、オリヴィアは何度、画面越しに悶（もだ）えたか——。

ということで、オリヴィアはレヴィと二人で王城へやってきた。

侍女（じじょ）や護衛騎士に言ったら間違（まちが）いなく止められるので、今日は内緒（ないしょ）のお出かけだ。赤いフレームの伊達眼鏡をかけて、ちょっとだけ変装気分。

危険がないのか？　と言われたら返事に困るが、レヴィは戦闘面もめきめき腕を上げていて、実は護衛騎士にも匹敵する実力を身に着けていた。

これにはオリヴィアもびっくりだ。

王城を見上げつつ、レヴィが口を開く。

「それじゃあ、中に入りましょうか」

「ええ」

レヴィはそう言って、オリヴィアをエスコートする。……王城の裏手に近い場所へと。

「ここの外壁の一部が壊れていて、入ることができるんですよね？」

「ゲームではそうだったわね」

大人になったら狭くて通れないくらいの穴があり、外壁の一部を取ると通ることができるというお約束のパターンだ。

「レヴィ、お願い」

「はい」

オリヴィアがレヴィにお願いすると、あっさり外壁の一部が取れてしまった。

「…………」

――王城の管理、大丈夫かしら。

しかし、ここに穴が空いていますとも言いづらい。なんでそんなことを知っているのかと聞かれたら、説明できない。

レヴィが穴を覗き込んで、王城の様子を見る。

どうやら繋がっている先は庭園のようで、落ち着いた雰囲気が感じられた。色とりどりの花が咲いていて、お茶会をするのにもってこいだ。

安全を確認し、オリヴィアとレヴィは中へ入った。


「はあぁぁ、夢にまで見た王城の庭園……神様、わたくしを転生させていただきありがとうございます感謝しています……」

「少し散策しますか？　誰か来れば、気配でわかると思います」

「レヴィはなんて優秀な執事なの。しましょう、心行くまでこの王城を堪能しましょう」

もう止まれない。

さっきから鼻血も止まらない。

オリヴィアは感動の鼻血をハンカチで拭いながら、庭園を歩いていく。

アクアスティードがヒロインにあげた花束は、もしやこの庭園の花だったのでは⁉　王城の裏山には森の妖精王が住んでいるのよね！　あそこは庭園のお散歩イベントがあった場所では～～～～⁉

と、オリヴィアのテンションは生まれてから今までの間で一番高いだろう。

「はあ、はあ、はあ……」

庭園を見ただけでこれでは、アクアスティードに会ったらいったいどうなってしまうのか。考えただけで、恐ろしい。

「はあ……レヴィ、向こうに行きましょう。ゲーム通りなら、噴水があるはずよ」

「あ、お待ちください」

「？」

レヴィから静止の声がかかり、オリヴィアは足を止める。

「噴水のところに、誰かいるみたいですよ」

「あら……さすがに見つかるわけにはいかないから、引き返すしかないわね」

——残念。

そう思って踵を返そうとしたら、レヴィが再び待ったをかけた。

「……どうしたの？」

「アクアスティード殿下では？」

「えっ⁉」

レヴィの声に、オリヴィアはものすごい速さで噴水の方へ体を向ける。

——そうだったわ、アクアスティード殿下を見るために王城に来たんじゃない！

庭園を見るだけで心が満たされすぎたので、うっかりしていた。

オリヴィアとレヴィは植木に体を隠し、こっそり噴水を覗き見る。

――いた！

「あああ、あ、あ……っ、ああ〜っ！」

言葉にならない。


麗しの王太子、アクアスティード・マリンフォレスト。

ダークブルーの髪に、金色の瞳。ゲームでは見ることのできなかった九歳というあどけない顔は、なんとも可愛らしい。

噴水に腰かけ、本を読んでいるようだ。


レヴィもオリヴィア同様、まじまじとアクアスティードのことを見る。将来、自分の主人の伴侶になるかもしれない人物を値踏みするかのように。

しかしその整った外見は、感心するほかない。

そして同時に、レヴィは優雅な手つきでハンカチを取り出しそっとオリヴィアの鼻へ当てる。

一瞬でハンカチが赤く染まった。

「ああよかった、間に合いましたね」

「ふぎゅ……ありがろう、レヴィ」

生のアクアスティードを見たせいで、オリヴィアの鼻血が止まらなくなってしまったようだ。

鼻血を出しながらも、視線はアクアスティードから離せない。

とりあえず鼻血が止まるのを待ってはみるが、なかなか止まらない。普段からよく鼻血を出すが、ここまで盛大なのは初めてだ。

――でも仕方ないわ、生きているアクアスティード殿下がそこにいるんだもの。

体中の血がすべて鼻から流れ出たとしても、悔いはない。

「これ以上、鼻血が出続けるとさすがに危険ですから……帰りましょう」

「え……っ⁉　大丈夫よレヴィ、わたくしの覚悟ならとっくにできているわ」

「でしたら、私も覚悟を決めます」

「えっ」

それは駄目だ。

レヴィは間違いなく、後を追って自分も死ぬタイプだ。そんな覚悟なんて、決めないでほしい。

「そうね、わたくしが出血死したらレヴィを残してしまうものね……ごめんなさい」

反省しつつ、そうなると結論は一つしかないとオリヴィアは思う。

「わたくしの体はアクアスティード殿下の美しさに耐(た)えられないわ……。顔合わせで無様なお姿を見せるわけにはいかないから、すぐに婚約を破棄しましょう‼」

「それですと、破滅(はめつ)まっしぐらではないですか？」

「もちろん悪役令嬢だからいいのよ！」

まあ、オリヴィアがいいと言うならいい。そうレヴィは思うのだが、もう一つ、懸念(けねん)すべきことがある。

「ゲームのシナリオが変わってしまうのでは？」

「う……っ」

どうやら痛いところをつかれたようで、オリヴィアは言葉に詰(つ)まる。

「でも、婚約したままだと鼻血を出して死ぬわ」

つまり本編が始まる前に、悪役令嬢が死んでいる。

「確かにそれはいただけませんね」

「でしょう？　本当にどうしようもなければ、きっとシナリオの強制力か何かで再び婚約状態になるはずよ。まずは、様子を見ましょう」

「御意(ぎょい)に」

ということで、オリヴィアは顔合わせの前に婚約破棄してしまうことを決めた。

するると、そのとき――

「誰かいるのか？」

――と、アクアスティードがちらりと視線を上げた。

「ふぐうううぅっ」

まさか追加でお声を聞けるとは思っていなかったので、オリヴィアは再び鼻血を噴き出してしまう。

いや、噴き出す……なんて言葉では生ぬるいかもしれない。

「ああ、やっぱりわたくしこのまま死ねたら本望……」

オリヴィアは鼻血を出しながら膝をついて、ダイイングメッセージのように『尊』と書いて倒れた。

「オリヴィア様っ！　すぐ、屋敷へ戻りましょう‼」

レヴィは慌ててオリヴィアを抱き上げる。昇天しそうになっているが、かろうじて意識はあるようだ。

急いで、しかし慎重に。ここでアクアスティードに捕まってしまったら、面倒なことになる。

レヴィは気配を殺しながら、オリヴィアを連れて王城の庭園を後にした。

そして残されたのは、アクアスティード一人。

「……誰もいないのか？」

さっき感じた気配は気のせいだったろうかと思い、周囲を見回すが——人の姿はないし、気配もなくなっている。

「…………？」

空の妖精たちのおかげで気配などは察知しやすいけれど、まだまだ魔法は練習中だ。

「今度、クレイルあたりに魔法を見てもらおう」

アクアスティードはそう呟いて、再び本に視線を落とした。

屋敷に戻ると、レヴィはオリヴィアをベッドへ寝かせてから主治医を呼んだ。

鼻血が出すぎてしまったときなどは、薬を処方してもらうために呼ぶことが多い。さすがに今日は、血の消費が激しすぎた。

今は幸せそうな顔で眠(ねむ)っているので、本人的には大満足だったろうけれど……。

医師の処置が終わると、目を覚ましたオリヴィアはレヴィを見る。

「今日はありがとう、レヴィ。迷惑(めいわく)をかけすぎちゃったわね」

「いいえ。私のことは気になさらないでください、オリヴィア様。興奮してしまう気持ちも、理解していますから」

「レヴィ……」

自分に共感までしてくれるなんてと、オリヴィアは感動する。

——ああ、レヴィにもゲームをさせてあげたかった。

この世界にゲーム機があったらいいのに。

「それよりも、今日はもうゆっくりお休みください。しっかり寝て、ご飯を食べて、回復するのが大切ですから」

「ええ、そうするわ」

オリヴィアが目を閉じると、レヴィの優(やさ)しい手があやすように頭を撫でる。それが心地よくて、気付いたときには夢の中だった。

夜の遅い時間、レヴィは公爵の書斎に呼び出された。

軽くノックをしただけでも、夜中なので音が響く。しばらく待つと、中から「入りなさい」と入室の許可が下りた。

「失礼いたします」

「ああ、遅い時間にすまないね。オリヴィアのことで、話がしたい」

「はい」

レヴィはオドレイの言葉に頷き、今日の出来事を簡単に説明した。もちろん、王城に不法侵入しました……とは、言わない。

「そうか、偶然アクアスティード殿下のお姿を見て鼻血を出してしまったのか……婚約もしたというのに、それでは心配だな……」

机に向かっているオドレイは、頭を抱えて悩む。

「オリヴィアの鼻血は体質だからどうにもならないと、主治医をはじめ数人の医師に言われているのは知っているね？」

「はい」

「レヴィは、オリヴィアがどんなときに鼻血を出すかわかるか？　情けない話だが、私もクローディアも、タイミングが今ひとつわからないんだよ」

「鼻血の出るとき、ですか」

それはとても簡単な質問だが、答えるのが難しい。

オリヴィアの鼻血は、乙女ゲーム関連で興奮が限界値を超えたときに出てくる。この数値も、対象によって天と地ほどの差がある。

――慣れてきたら、落ち着くとは言っていましたが……。

正直、日中の様子を思い出す限り、アクアスティードに対して鼻血が収まることはなかなか難しいのではないだろうかと思う。

それこそ、数年は必要だろう。

考え込んだレヴィを見て、オドレイは「わからないか」とため息をつく。

「わからないものもありますが……絶対に鼻血を出すと確信できるものはあります」

「何⁉　それがわかるだけでも大収穫だ‼」

「まず、アクアスティード殿下。声を聞くだけでも大量の鼻血が出るので、落ち着くまでには数年……下手をしたらもっと時間がかかるでしょう。それから、会うことは難しいでしょうが、妖精の王たち。あとは、一部の貴族や王族しか立ち入れない場所なども、興奮して鼻血が出ることは間違いないでしょう」

レヴィの言葉を聞いて、オドレイはがっくりと項垂れる。

まさか婚約者を相手に、そこまで鼻血が出るなんて――と。

しかし、アクアスティードはこの国の王太子。興奮してしまうのも、致し方ないのかもしれない。

「婚約をして、次は顔合わせだというのに……いったい陛下になんて言えばいいんだ」

うちの娘は殿下を見ると大量の鼻血を噴き出すので、いつ会えるかわかりません、とでも言えばいいのだろうか。

もしずっと興奮が落ち着かなければ、結婚したあとはさらに悲惨だろう。夫婦の寝室が、赤く染まるのだから……。

オドレイはため息をつき、「わかった」と告げる。

「教えてくれてありがとう、レヴィ。オリヴィアの鼻血のことでわかったことがあれば、また教えてもらえるか？」

「はい」

「大変だろうが、よく見ていてやってくれ」

「もちろんです。失礼いたします」

レヴィは深く腰を折り、書斎を後にした。

そして後日。

今回のレヴィの話と、オリヴィアの必死の懇願もあり、無事に顔合わせ前にアクアスティードとの婚約破棄が決まった。

オドレイは最後までいい縁談だとオリヴィアを説得してきたけれど、「出血死します」というオリヴィアの一言で黙ってしまった。

しかし納得がいかないのは王族側だろう。

直接会って話がしたいという連絡が来たが、首を横に振りまくって回避回避回避のコンボを決めてみせた。

「醜態を見せるわけにはいかないわ！」

推しは話をするものではなく、遠くから眺めてこそ至高だ。


「ううう、せっかく上手く会わないようにしていたのに、王城に来ることになってしまうなんて……」

「王妃様が主催されるお茶会ですから、欠席というわけにはいきませんね」

「……そうね」

今日は、マリンフォレストの王妃……つまりアクアスティードの母親であるラヴィーナの開くお茶会だ。

参加資格は、マリンフォレストの貴族の令息か令嬢であること。原則として大人は招待されないが、保護者としての参加は認められている。

オリヴィアはレヴィと侍女のジュリア、それからオドレイと一緒に来ている。

前を歩いていたオドレイが振り返り、「そうそう」と楽しそうに話題を振ってきた。

「今日はラピスラズリのハルトナイツ王子が来ているそうだ。失礼のないように、しっかり挨拶するんだぞ」

それを聞いた瞬間、レヴィがさっとオリヴィアの鼻にハンカチを当てる。いつかと同じように、一瞬でハンカチが血の色に染まった。

「おおおおお、オリヴィア⁉　大丈夫か⁉」

「ほほほ、大丈夫ですわお父様」

とてつもなく慌てるオドレイを見て、そういえば最近は家族の前で鼻血を出していなかったことを思い出す。

鼻血を出すのは、レヴィと聖地巡礼をするときばかりだ。

「しかし何かあってからでは遅いだろう、医師に——」

「お父様、大丈夫ですわ。主治医に健康診断(しんだん)をしていただいていますし、鼻血は出やすい体質なだけで問題ないと聞いていますから」

「わ、わかった……。しかし、体調がすぐれないときはすぐに言うんだぞ」

「はい」

オドレイの言葉に頷き、オリヴィアはささっと鼻血を拭いとる。レヴィが濡らしたハンカチも用意してくれたので、綺麗になった。

――でも、まさかハルトナイツ殿下がいらしているなんて!!

そんな前情報はまったくなかったので、動悸がおかしくなっている。

ハルトナイツは、『ラピスラズリの指輪』のメイン攻略対象キャラクター。金髪碧眼の、まさに王道の王子様だ。


お茶会は、以前オリヴィアとレヴィが忍び込んだ庭園で開催された。

まずは主催であるラヴィーナにオドレイと一緒に挨拶をし、そのあとはほかの令嬢、令息たちと自由に交流をして過ごすことになる。

庭園を見回してみると、アイシラと、いつもお茶会をしている令嬢たちが歓談しているのが目に入った。

「ごきげんよう、みな様」

「オリヴィア様！　ごきげんよう」

「……！　ごきげんよう、オリヴィア様」

オリヴィアが挨拶をすると、アイシラはにこやかに返事をしてくれたが……ほかの令嬢の笑顔がなんともぎこちなかった。

――挨拶の仕方も挙動不審だし、どうしたのかしら？

もしかして具合が悪いのだろうかと、心配になる。

アイシラなら理由を知っているかも？　そう思って視線を送ると、苦笑されてしまった。

――つまり、わたくしに原因があるということ？

しかし思い当たることは何もない。

「オリヴィア様、わたしたちはほかの方にもご挨拶があるので……失礼いたします」

「また次の機会にお話ししてください」

「ええ……」

令嬢たちは、そそくさと去っていってしまった。

「アイシラ様、わたくし……あの子たちに何かしてしまったかしら？」

「あ……それは……」

オリヴィアがアイシラに聞いてみると、どうやら理由を知っているようだ。

「お願い、教えてほしいの」

「……わかりました。ここではあれですから、あちらで」

「ええ」

やってきたのは、誰もいない庭園の隅っこ。

アイシラは周囲を見回して、誰もいないことを確認する。よほど、ほかの人に聞かれてはいけない話らしい。

言いづらそうにしているアイシラを見ると、なんだか申し訳ない気持ちになる。

「その、オリヴィア様がアクアスティード様と婚約を解消されたので……」

「え？」

予想していなかった内容に、オリヴィアは驚いた。

しかし同時に、確かに王太子との婚約を解消したのだから……何かあると思われるのは当然だろう。

──浅はかな考えだったわ。

しかしだからといって、鼻血を垂れ流したままアクアスティードの隣に立つわけにもいかない……。

「理由を教えてくれてありがとう、アイシラ様」

「いいえ。オリヴィア様は、大丈夫ですか？」

「ええ。わたくしは大丈夫よ」

ただ鼻血が止まらないだけで。

「それじゃあ、理由もわかったし戻りましょう」

「はい」

オリヴィアがそう言った瞬間、植木がかさりと揺れた。そして同時に、聞こえてきたのは声変わり前の男の子の声。

「そこにいるのは誰だ？」

誰の声かと考える前に、鼻血が噴出した。

ついこの間、聞くことができたこの声をもう一度耳にするなんて――。


アクアスティードが植木から顔を出すと、そこにいたのはアイシラだった。

「突然どうしたんだ、アクアスティード王子！」

そしてすぐに、ハルトナイツも顔を出す。

「ああ、すまない。気になる気配がして……あなたは？」

「……っ！　あ、アクアスティード殿下!?　わたくしは、アイシラ・パールラントです」

慌ててアイシラが淑女の礼をすると、アクアスティードは申し訳なさそうな顔をした。

「驚かせてしまったね、すまない。知っているようだが……アクアスティード・マリンフォレストだ。アイシラ嬢のことは、話では聞いているよ」

「俺はハルトナイツ・ラピスラズリ・ラクトムートだ」

二人がアイシラに自己紹介をし、きょろきょろと周囲を見回す。

ハルトナイツが不思議そうにアイシラを見て、首を傾げる。

「話し声が聞こえたと思ったが、一人か？」

「え？　あの、オリヴィア様がこちらに――えっ⁉」

アイシラが振り返ると……自分のすぐ後ろにいると思っていたオリヴィアが、いつの間にかいなくなっていた。

「オリヴィア嬢と一緒にいたの？」

「は、はい……。少し二人きりでお話をしていたのですが、いつの間に……」

「……もしかしたら、私に会うのが気まずかったのかもしれないね」

アクアスティードの言葉に、アイシラはハッとする。

確かに今、噂の的の二人が顔を合わせるのはとても気まずいだろう。名前を出したのは自分の配慮が足りなかったと、アイシラは肩を落とす。

「大丈夫、気にしないで。アイシラ嬢は、みんなのところへ戻るといい」

「アクアスティード殿下……ありがとうございます」

アイシラはぺこりとお辞儀をし、一足先にお茶会の輪の中へ戻った。

残ったアクアスティードとハルトナイツは、二人で肩をすくめる。

「アクアスティード王子を振ったご令嬢がいたらしいな……でも、会ったこともなかったんだろう？」

「ああ。だけど、いったいどこに行ったんだろう」

しかもアイシラを置いていってしまうなんてと、アクアスティードは思う。

「ま、仕方ないさ。婚約を解消したから気まずいんだろうって自分で言っただろ？」

「それはそうだけど……あ、もしかしてあそこにいるのがオリヴィア嬢じゃないか？」

「ん？」

庭園に面した建物の壁際(かべぎわ)に、少女の後ろ姿が見えた。

綺麗なローズレッドの髪なので、オリヴィアの人物像と一致(いっち)する。

傍(そば)には執事服の男の子もいて、何やらこそこそしているようにも見える。

「もしかして、婚約を嫌がったのは好きな相手がいたからか？」

ハルトナイツがそう言うと、アクアスティードは「そうかもしれないな」と同意する。

とはいえ、公爵家の令嬢と執事ではあまりにも身分差が大きい。今どうにか婚約を回避できたとしても、二人が結ばれることは難しいだろう。

「……まあ、それならそれでいいさ。私には関係のない話だ」

しかし一応、挨拶くらいはしておいた方がいいだろう。

「突然すまない、オリヴィア嬢ですか？」

アクアスティードが少し遠くから声をかけると、小さな背中がびくりと揺れた。執事がハンカチを手に持って、オリヴィアの顔へ当てているのがわかる。

執事だけがちらりとこちらを見て、目が合った。

「……？」

しかし執事は無言のままで、オリヴィアに耳打ちをした。おそらくどうするか判断を仰いでいるのだろう。

すると、執事はオリヴィアを抱き上げて……いきなり走りだした。

「え」

「はぁ⁉」

突然の行動に、アクアスティードとハルトナイツは驚く。

「アクアスティード王子、早く追いかけるぞ！」

「え、あ……ああ！」

執事はオリヴィアを抱きかかえたまま、王城の壁沿いに走り曲がった。その先は鍛錬場がある広い場所なので、すぐに追いつくことができるだろう。

アクアスティードはそう思っていたのだが――

「いない……？」

角を曲がった先にあるのは、広い敷地だけ。

オリヴィアと執事の姿はどこにもない。

「どうなってるんだ？　隠れる場所なんてないのに」

執事はオリヴィアを抱いていたので、そこまで早く走れるとも思えない。魔法かもしれないと空を見上げてみるが、それらしき人物も逃げた形跡もない。

お手上げ状態になってしまったアクアスティードを見て、ハルトナイツは「マリンフォレストの令嬢はすごいんだな……」と呟いた。

アクアスティードとハルトナイツに遭遇してしまったオリヴィアは、止まらない鼻血を押さえながら必死に屋敷へと帰ってきた。

クローディアには心配されたけれど、アクアスティードと会うのが気まずくてオドレイにも告げずレヴィと二人で帰ってきてしまったことを伝えた。

部屋に戻り、ソファで一息つく。

「ご気分はいかがですか？　オリヴィア様」

「大丈夫よ」

ちょっと貧血気味だけれど、立っていられないということはない。ゆっくり休めば、すぐに回復するだろう。

「ラピスラズリの紅茶をご用意しますね」

「ありがとう」

レヴィが紅茶の準備をしている間に思い出すのは、つい先ほどのことだ。

直接顔を見ることはできなかったけれど、声を——子どものころの声を再び聞くことができた。それだけでもう、幸せ絶頂だ。

——まだ声変わりをする前……！

めちゃくちゃ貴重だったと、オリヴィアは何度も脳内でアクアスティードとハルトナイツの声を再生する。

「はあああぁぁ尊い……。まさかハルトナイツ殿下にまで会えるなんて！　隣国だから会うことは難しいと思っていたけど……わたくしってば、ついてるのかしら！」

にやにやする顔を元に戻せない。

妄想がはかどるうちに、紅茶を用意したレヴィが戻ってきた。

レヴィが用意してくれた紅茶からは、花のいい香りがする。一口飲むと、体が温まって落ち着く。

「……ふう。レヴィの淹れる紅茶は、本当に美味しいわね」

「光栄です」

レヴィはにこにこしながら、紅茶を飲むオリヴィアを見ている。

「もう、わたくしのことを見すぎよ」

オリヴィアがくすくす笑うと、レヴィは苦笑する。

「私はオリヴィア様の忠実な執事ですから」

ひと時も目を離したくはない――そんな強い想い(おも)が込められている。

――まったく、この執事はわたくしのことが大好きすぎだわ。

もちろん、それが嫌というわけではない。むしろ、ここまで悪役令嬢に好意的なのは珍(めずら)しいくらいだ。

しかしふいに、レヴィのローズレッドの瞳が揺れたことに気付いた。

「レヴィ……？」

どうしたの？　そんな意図を込めて問いかけると、レヴィは肩をすくめる。

「別に、どうということはありません。ただ、私では王太子殿下方に敵いそうもないと、そう思ってしまったんです」

思いもよらなかったレヴィの言葉に、オリヴィアは目を瞬かせる。だってまさか、レヴィがそんなことを言うなんて。

「お二人はメイン攻略キャラクターですから、私ごときでは足元にも及(およ)びません」

「そんなことはないわ！」

「オリヴィア様……」

自分を卑下するレヴィに、オリヴィアは勢いよく首を振る。

確かに相手はメイン攻略キャラクターというものすごいスペックを持っているが、オリヴィアはレヴィが今までどれだけ努力をしてきたか見てきた。

——というか、レヴィが負けているものなんてないわ！

アリアーデル家に来てから教養も身に着け、さらには体も鍛え護衛の仕事だってさらりとこなせるようになっている。

……あれ？　もしや攻略キャラクターよりハイスペックに成長してしまったのでは？

と、オリヴィアは思う。

——間違いなくウルトラハイスペックだわ！

「レヴィ、レヴィはもっと自信を持っていいのよ。容姿も、頭の良さも、運動能力も。全部ぜんぶ、すごいもの」

「そうでしょうか……？」

「そうよ。……あ、なら」

オリヴィアはレヴィを手招きして、自分の横へ呼ぶ。

「……オリヴィア様？」

素直にやってきたレヴィを見て、オリヴィアは手を伸ばす。レヴィの前髪に触れて、指ですくように後ろへと流すと額があらわになる。

「思ったより、雰囲気が変わるわね」

「そうですか？」

「そうよ。……格好いい」

「──！」

オリヴィアの言葉に、レヴィは目を見開く。

「確かに、アクアスティード殿下もハルトナイツ殿下も、秀(ひい)でているものが多くて……他者を寄せつけることはないわ。でも」

「……でも？」

「大人の色気は、レヴィが一番だわ」

人の髪をいじることは初めてだったけれど、なかなかいい感じになったとオリヴィアは笑う。

「わたくしの執事は、最高ね」

だから変に不安になる必要なんてないと、オリヴィアはレヴィの頭を撫でた。

「ありがとございます、オリヴィア様」

いつもにこにこ笑顔のレヴィだったけれど、今回ばかりは少し照れながら微笑んだ。

レヴィは紅茶を淹れ直して、オリヴィアを見る。

「それにしても、いいんですか？　自国の王太子にあんな態度を取ってしまって……」

「別にいいわ。わたくしは国外追放されてラピスラズリに行くのだから！」

「追放先が隣国のわけないでしょう」

「ガーン！」

追放ライフにわくてかしていたオリヴィアだが、レヴィからの冷静な突っ込みにショックを受ける。

確かに、追放先が隣の国では旅行のような気分かもしれない。

「悪役令嬢のその後なんて、国外にいるとしか書いてなかったもの。でもまあ、自由の身になれるのだから、ラピスラズリに行ってみるのもありだと思うわ！」

追放とは。――と、誰もが思ってしまいそうな一言だ。

「そうですね、なんの縛りもなく好きな場所へ行けますから……ラピスラズリにも行ってみましょう」

「ええ！」

普通の令嬢であれば、追放されるとなったら泣いてしまうのだが……ここまで追放を楽しみにしているのは、きっと世界中を探してもオリヴィアだけだろう。

そんな主人を見つめながら、レヴィは優しく微笑んだ。

鼻血を出しすぎて疲れたからか、オリヴィアはいつもより早めに休んだ。

レヴィは紅茶の片づけをしようとして、ふと机の上に置いてある紙に目に留めた。そこに書かれていたのは、『追放されたら行きたい場所リスト』だ。

「これは……ラピスラズリの行きたい場所ですね」

その数は膨大だが、どういったルートで回るとか、何日かかるとか、事細かなスケジュールも立てられている。

「一ヶ所の滞在時間が長いものもありますが……すべて回ると軽くひと月以上はかかりそうですね。宿を調べておく必要がありそうですが……」

——いっそ、ラピスラズリに拠点として家を買っておいてもいいのでは？

追放されたら資産などは没収されてなくなってしまうかもしれないが、今なら秘密裏に小さな屋敷を購入しておくくらいはできるだろう。

「……ふむ。本来なら自分の目で確認に行きたいところですが、さすがに遠い。誰かに使いを頼んで、治安の調査と屋敷の購入をお願いしましょう」

きっと、ラピスラズリに行った際、オリヴィアはとても喜んでくれるはずだ。

その姿を想像しただけで、楽しみで仕方がない。

——とはいえ。

「本当ならば、破滅なんてしない方がいいんですよ」

ゲームの悪役令嬢というだけで、オリヴィアは何も悪いことはしていない。

それなのに、アクアスティードに婚約破棄を告げられ最終的には国外追放されてしまう。

凛として美しいオリヴィアに、そんな未来は似合わないとレヴィは思う。

「ああでも、婚約はもう破棄されてるんでした」

しかも、オリヴィアからだ。

「いくら耐えきれなかったといっても、ゲームシナリオと変更点があっていいんでしょうか？」

そう考え——レヴィは首を振る。

オリヴィアは本当に必要ならば、シナリオが強制的に修正してくるだろうと推測をしていた。

「もしゲームのシナリオから道筋がずれているのであれば、そのまま進んでほしいですね」

オリヴィアの未来が、破滅ではなくなるかもしれない。

もちろん破滅になったとしてもレヴィはどこまでもついていくつもりだが、自分を地獄から救ってくれた、気高いオリヴィアのままでいてほしいと思う。

一人きりの部屋で、レヴィは先ほどオリヴィアに整えてもらった前髪に触れる。

「いっそ——私があなたを破滅から救えたらいいのに」

そう呟いたレヴィは、寂しそうに微笑んだ。

第四章　夢の聖地へ

「はあぁぁあぁ～聖地巡礼(じゅんれい)が、したーい！」

オリヴィアはここのところ、ずっとマナー教育など勉強が続いていた。そのため、多少の息抜(いきぬ)きがしたいと……そう思い始めていた。

「でしたら、ラピスラズリへ行きますか？」

そう言ったレヴィの言葉に、すぐさま「行きましょう！」とオリヴィアは瞳(ひとみ)を輝(かがや)かせる。

オリヴィアは十四歳になり、美しい悪役令嬢(れいじょう)へと成長を遂(と)げた。

趣味(しゅみ)の聖地巡礼には毎週欠かさずレヴィと行き、この乙女(おとめ)ゲーム世界を謳歌(おうか)している。

そしてそれは今後も変わらない人生の目標で、追放されたあとはこの世界の隅々(すみずみ)まで足を運ぶ気満々だ。

執事(しつじ)のレヴィは、十九歳の大人へと成長した。

すらりとした体格だが、その体はしっかり鍛えられていていてたくましい。後ろへ流すようにセットした髪、黒の執事服の着こなしはきっとレヴィが世界一だとオリヴィアは思っている。

今までラピスラズリに行きたい行きたいと思っていたオリヴィアだったが、まだ自分が子どもだということもあって、なかなか決行することができずにいた。

今までに行けたのは、マリンフォレストの王都から近い街くらいだったろうか。

「レヴィ、お父様に旅行の許可を取りに行きましょう！　そのあとはジュリアに行ける日程を聞いて、スケジュール調整ね！」

「はい」

るんるんスキップをしながら廊下を進んでいくと、「ヴィー？」と声をかけられた。オリヴィアをヴィーと呼ぶのは、兄のクロード一人しかいない。あまりにも浮かれ気分だったので、気になって声をかけたようだ。

「お兄様！　実はラピスラズリまで旅行に行きたくて、お父様に許可をいただきに行くところなんです」

「ラピスラズリに？」

思ってもいなかった答えに、クロードは目を瞬かせ——しかし、そういえば妹は昔からなぜかラピスラズリが好きで詳しかったことを思い出す。

「それは楽しそうだね。僕が連れて行ってあげたいけど、時間が取れるかどうか……」

クロードが悩みながら告げると、オリヴィアは首を振る。

「お兄様は次期公爵としての勉強など、やることがたくさんですもの。お手を煩わせるようなことはしませんわ」

それに——と、オリヴィアは後ろに控えているレヴィを見る。

「ラピスラズリにはレヴィと一緒に行きますから、大丈夫ですわ」

「え……」

オリヴィアの言葉を聞き、クロードは絶句する。

「まさか、執事と行くつもりかい？」

「ええ。レヴィはとっても優秀で、ラピスラズリでもわたくしが不自由なく過ごせるようにしてくれるもの」

だから心配する必要はない、そんなつもりでオリヴィアは言ったのだが——クロードが、後ろに控えているレヴィを睨みつけた。

「さすがに、その辺に観光に行くわけじゃないんだ。嫁入り前の妹が、執事と旅行なんて許せるわけがないだろう？　道中だって、ちゃんとオリヴィアを護れると思えない」

いつになく辛辣なクロードの言葉に、オリヴィアは困惑する。

レヴィに視線をやると、静かに「いいえ」と口にした。

「私はオリヴィア様の執事ですから、護衛も務めさせていただきます」

「……僕の意見に、逆らうというのか？」

どうやらレヴィの言い方が気に入らなかったようで、クロードの言葉に怒気が含まれる。

「いえ、違います。私は鍛えていますから、オリヴィア様をお護りできると申し上げたのです」

「腹筋もすごいものね」

「はい」

オリヴィアがそんなことを笑いながら言うと、クロードはさらにショックを受けた。執事の腹筋を見るなんて、どういうことだ⁉　――と。

そして息を大きく吸って――

「お前の実力を見てやる！　決闘だ‼」

――そう、叫んだ。

「お兄様ったら、どうしたのかしら。いつも、わたくしのことを可愛(かわい)がってくれているのに……」

オリヴィアはしょんぼりしながら、自室で決闘に関する本を読んでいた。

決闘を申し込まれた当の本人であるレヴィは、何食わぬ顔でオリヴィアのために紅茶を淹(い)れて焼き菓子(がし)の用意をしている。

「私とオリヴィアの関係を心配しているのでは？」

「え？」

レヴィの言葉を聞き、オリヴィアはぽかんと口を開く。だってまさか、そんなこと……考えたこともなかったのに。

――わたくしは十四歳で、レヴィは十九歳。

「確かにお兄様が心配するのも仕方がないわ!!」

「はい」

うっかりしていたと、オリヴィアは頭を抱(かか)える。

「そうか、お兄様はわたくしがレヴィに手籠(てご)めにされると思ってしまったのね」

だから決闘を申し込むなんて荒業に出たのだろう。

「でも、だったら説明して誤解を解けばいいんだわ！　ラピスラズリの聖地巡礼には、ジュリアも連れて行くんだもの！」

さすがに日帰りではないのだから、支度をしてくれる侍女は必要になる。

仲良く三人、なんなら護衛騎士を増やして四人だっていい。

「いいえ、決闘は受けます」

「え……っ」

すぐに否定したレヴィの言葉を聞き、思わずどきりとする。

——レヴィは、いつもわたくしの考えを受け入れてくれていたのに。

「レヴィ……？」

「クロード様に、安心してオリヴィア様をお任せくださいと伝えたいのです。それには、実力を見せるのが一番ですから」

レヴィの言葉を聞き、なるほど……とオリヴィアも納得する。

「そうよね、レヴィの実力……」

——って、わたくしもレヴィの実力なんて知らないわよ!?

普段の生活の中で危険な目にあうことはほとんどないので、レヴィのいわゆる戦闘能力的なものはまったくわからない。

聖地巡礼中、ごろつきに襲われていたらその実力を知ることができたかもしれないけれど……そんなイベントは、発生しなかった。

「わかったわ。レヴィ、お兄様を安心させてちょうだい」

「はい」

ということで、決闘当日。

レヴィは急遽用意した黒の騎士服に身を包み、クロードと対峙していた。

オリヴィアが読んだ本によると、この国の決闘ルールはいたってシンプルだった。

まず、戦闘ルールは『なんでもあり』。

相手が降参するか、気絶、もしくは半径三十メートルの円から出たら負けとなる。そして勝者は、敗者になんでも一つ望みを言うことができる。

ただし、望みは決闘前に申告しておく必要がある。

クロードは一歩前に出て、腰に差した剣をレヴィに向けて高らかに宣言する。

「僕が勝ったら、ヴィーをラピスラズリへ旅行に連れて行く役目は譲ってもらう！」

その望みを聞いたオリヴィアは、飲んでいたお茶を噴き出しそうになった。

隣で見ているオドレイとクローディアは、楽しそうに笑っている。

「レヴィ、お前は何を望む？」

「私の望みは、ただ一つです」

クロードと違い静かなレヴィの声が、オリヴィアの耳に届く。

「オリヴィア様の執事であり続けること、それが私の望みです」


――レヴィ。

真摯なローズレッドの瞳が映すのは、生涯オリヴィアただ一人だけ。

「あらあら、レヴィはあなたに夢中なのね」

クローディアがくすくす笑っているのを見て、オリヴィアは顔を赤くする。いつも言われているような言葉だけれど、改めて言われると恥ずかしい。

熱を払うように顔を振って、オリヴィアはレヴィを見る。

「わたくしの執事なのだから、負けることは許さないわよ！」

「もちろんです」

オリヴィアの喝に、レヴィがさらりと即答してみせた。どうやら、相当な自信があるようだ。

──うう、顔が熱い。

オリヴィアが両頰を押さえていると、クロードの「始めよう」と言う声が聞こえてきた。

「どれ、私が審判をしよう」

オドレイは二人の前に立ち、「始めて構わないね？」と確認をする。

「「──はい」」

レヴィとクロードの声が重なったのを聞き、オドレイは手を振り上げ──勢いよく下ろす。


「始め‼」


合図を聞き、両者ともが後ろへ跳ぶ。

クロードは剣を構え、レヴィを睨みつける。対してレヴィはといえば、剣は腰に下げているがまだ抜いてはいない。

「どうしたレヴィ、おじけづいたか⁉」

それじゃあ妹は任せられない！　そう言うかのように、クロードは無防備なレヴィへ向けて剣を振るう。

しかし次の瞬間――剣を振り下ろそうとしたクロードの腕が、何かにはじかれて天を仰いだ。

「――何っ⁉」

隙なんて、その程度あれば十分だ。

レヴィは間合いを詰める――かと思いきや、さらにクロードから距離を取った。

「どういうつもりだ……」

まさか手加減でもしているつもりか？　そうクロードが言いかけ、ハッと目を見開く。

なぜなら、レヴィから無数のナイフが飛んできたからだ。

その数は、一、二、三――いや、軽く十は超えているだろう。

「うわっ、くっ！」

クロードは飛んできたナイフを剣で叩き落とすが、いかんせん数が多い。

同年代の中では剣の腕がいいと思っていたが、まだまだ未熟だったのだと実感せざるを得ない。

ナイフがクロードの足を掠めて、体勢を崩した。

「終わりです」

そして気付いたときには、クロードの喉元にレヴィがナイフを突きつけていた。

「「「…………」」」

レヴィの華麗すぎる早業に、その場にいた全員が息を呑む。

クロードは次期当主として、幼いころから剣の稽古もしてきている。それをあっさり倒してしまうとは……驚きだ。

「勝負あり！　勝者、レヴィ!!」

オドレイが決着を告げる声を聞き、オリヴィアはすぐさまレヴィの下へ駆けつけた。

「おめでとう、レヴィ！　さすがわたくしの執事だわ！」

「当然です」

オリヴィアが褒めると、レヴィは破顔した。

「レヴィは、ヴィーの前だとそんな風に笑うのか」

「え？」

突然のクロードの言葉に、オリヴィアは首を傾げる。レヴィは、いつも嬉しそうににこにこしているのだが……そうではなかったのだろうか。

すると、クロードが教えてくれた。

「レヴィはどちらかと言うと、無表情じゃないか？　……いや、ヴィーのこと以外無関心、と言った方がいいのかもしれないな」

「ああ……」

それにはなんとなく心当たりがあるぞと、オリヴィアも思う。

しかしこれは長年解決していない迷宮入りの謎でもあるので、あまり気にしないのが吉だ。

話していると、オドレイがパンパンと手を叩いた。

「二人とも、いい動きだった」

「ありがとうございます」

「オリヴィア様の執事として、当然です」

クロードはレヴィの言葉を聞いて、この執事はぶれないんだな……と、思わず笑みをこぼす。

「レヴィ、ヴィーのことを頼むぞ。怪我をさせたら承知しない」

「はい、お任せください」

どうやら剣を交えたことによって、男同士で打ち解けるものがあったようだ。

――男の子って、不思議。

とはいえ、これでラピスラズリ聖地巡礼へ行くことができる。

しかし急に決闘することになったので、オドレイにはまだ旅行のことを話してはいなかった。

今回のことで、旅行へ行きたいことは伝わっているだろうけれど。

オリヴィアはこほんと咳払いをして、オドレイを見る。

「わたくしと、レヴィと、ジュリアの三人でラピスラズリへ旅行したいんですが……許可をいただけますか？」

「ちょ、ジュリアも一緒だったのか⁉　……まったく」

オリヴィアの言葉を聞き、クロードが気の抜けた声を出した。

オドレイは楽しそうに笑いながら、オリヴィアの旅行を許可してくれた。

というわけで、やってきましたラピスラズリ王国！

少し心配していた長時間の馬車も、窓から風景を眺めていたら一瞬だった。むしろ、もっと眺めていたい……時よ止まれ！　と、何度言いたくなったことか。

無事に国境を越え、王都へとやってきた。

今は馬車を停めて、宿泊施設に荷物を置きに来たところだ。

「はわ、はわわわわ〜〜」

王都に足を踏み入れると、オリヴィアは力なくよろよろしてしまう。今、夢の聖地に自分が立っているのだと自覚してしまうととたんに力が入らない。

「大丈夫ですか？　オリヴィア様」

すぐに、レヴィが背中を支えて倒れないようにフォローしてくれた。

「ありがとう、レヴィ。わたくし、わたくし……っ!!」

「ハンカチを」

感極まって爆発したオリヴィアの鼻を、レヴィが素早くハンカチで押さえる。

「レヴィ……あなたオリヴィア様の鼻血の出る瞬間がわかるの？」

「もちろんです。私はオリヴィア様の執事ですから」

二人のやりとりを見ていた侍女のジュリアが問いかけて、感心した眼差しをレヴィへ向ける。

「すごいわね」

「オリヴィア様の執事ですから」

そんなレヴィとジュリアの会話を聞き流しながら、オリヴィアはどうしようかわくわくしていた。

聖地巡礼の日程は決めてから来たけれど、いざ来てみると計画していた日数ではまったく足りないということがわかる。

――だって、地面のタイルが何枚あるのかも数えたいくらい!!

そうなってくると途方(とほう)もない時間が必要になるし、むしろ工事業者か何かですか？　という疑問すら湧(わ)いてくる。

そして聖地巡礼の予定には組み込んでいないけれど、一番行きたい場所は――ラピスラズリの、王城。

――そこにはメイン攻略(こうりゃく)対象である、ハルトナイツ殿下(でんか)が住んでるのよね！

調べによると、一作目『ラピスラズリの指輪』の悪役令嬢のティアラローズとは六歳のときに婚約(こんやく)しているのだという。

一作目のキャラクターに会いたい気もするけれど……絶対に、鼻血が止まらなくなる自信がある。それで気を失う程度であれば可愛いものだが、失血死でもした場合には……国際問題に発展するおそれもある。

――王城に行きたいけど、今はまだそのときではないのだわ。

もう少し大人になり、この世界の耐性(たいせい)がついてきたら鼻血も落ち着くかもしれない。そうしたら、きっと攻略対象者たちと会話をすることも夢ではないだろう。

……今はまだ、夢だけれど。

「では、わたくしは部屋を整えておきますね」

「お願いします。私はオリヴィア様について、街を見てきます」

オリヴィアがいろいろと考え込んでいる間に、どうやら話がついたようだ。

ジュリアが泊まる部屋の片づけなどを行い、レヴィが聖地巡礼に付き合ってくれることになった。

――うん、いつも通りね。

「オリヴィア様、どうぞ」

「あ、ありがとう！」

レヴィから変装用の伊達眼鏡を受け取って、かける。

「ですが、ここはラピスラズリなので変装は必要ないのでは？」

「気分よ、気分！　――なんて言えばいいのかもしれないけど、最近は眼鏡をかけていた方がしっくりくるのよね。前世では眼鏡をかけていたし」

なんだか落ち着くのよねと、オリヴィアは笑う。

「さて……と。あんまり時間もないし、さっそく聖地へ繰り出し――って、ここも聖地だったわ！　どうしましょうレヴィ、わたくし尊死しそう」

はあはあと荒い呼吸を繰り返し、オリヴィアはレヴィに縋りつく。何かに摑まっていないと、足が震えて動けなくなってしまいそうだ。

「でしたら、こういうのはいかがでしょう？」

「きゃっ！」

そう主張した結果、オリヴィアはレヴィに横抱きにされてしまった。いわゆる、お姫様抱っこというやつだ。

「さすがにこれは恥ずかしいわ、レヴィ！」

「ですが、この方が効率的に聖地を巡れますよ？　旦那様から許されたラピスラズリの滞在期間は、たった十日しかないんですから……」

「うっ、そうだったわ……」

思い出したくなかったと、オリヴィアは苦い顔になる。

オリヴィアは、半年ほど滞在したいとお願いしていたのだが……まあ、そんな長期滞在の許可が下りるわけがない。

死闘の末に手に入れたのが、今回の十日間だ。

その1、お姫様抱っこの恥ずかしさはあるが、濃密な聖地巡礼ができる。

その2、恥ずかしくはないが、足が動かず満足な聖地巡礼ができない。

オリヴィアの選択肢は、この二択だ。

しかし、よーく考えてみると結果としては一択(いったく)だ。

「濃密な聖地巡礼をしたい……！　供給過多!!　でもそれで死ぬなら本望(ほんもう)だわ!!」

「私が死なせません」

にこりと、レヴィがオリヴィアに微笑(ほほえ)む。

「では、参りましょうか。本日はお疲(つか)れでしょうから、この近くの聖地をいくつか巡礼しますね」

そう言うと、レヴィは歩き始めた。

「……っ！　レヴィ、やっぱり、やっぱり恥ずかしいわ！　みんな見ているわ!!」

「それはオリヴィア様が美しいから見ているのです」

「違うわよ!?」

とんでもないレヴィの返しに、オリヴィアはぶんぶん首を振る。どう見たって、お姫様抱っこが注目を集めているのに。

「ううぅ、下りたい下りたい……あら？」

「どうかしましたか？」

「レヴィ、あそこに寄ってちょうだい！」

オリヴィアが指をさした露店(ろてん)は、姿絵を取(と)り扱(あつか)っているお店だった。飾(かざ)られているハルトナイツの姿絵に、オリヴィアのテンションは爆上(ばくあ)がりだ。

姿絵で頭の中がいっぱいになって、自分がお姫様抱っこをされていることなんて忘れてしまった。

「ああ、あああ〜〜！　尊い〜〜！」

レヴィが店の前に行ってくれたので、すぐ近くで姿絵を見る。ゲームで描かれているハルトナイツよりも、面影が幼い。

――ゲーム開始時は十六歳で、今は十四歳だもの。

これはいいものを見ることができたと、オリヴィアはるんるんだ。

「おじさん、今ある姿絵を全種類売ってちょうだい！」

「まいど！　お姫様抱っこなんてしてもらって、お嬢ちゃんはお姫様に憧れているのかい？」

そう言って、店主はハハハと笑う。

「あああっ！　違うのよ、これはレヴィが勝手に……っ‼」

オリヴィアがあたふた言い訳をするも、店主は「ラブラブでいいねぇ〜」と微笑ましそうな目で見てくる。

――レヴィはただの執事なのに！

これではとんでもない誤解が広がってしまうと、オリヴィアは顔を青くする。すると、レヴィが「それくらいで勘弁してください」と店主を見た。

「オリヴィア様はとても恥ずかしがりやで、こういったことに慣れていないんです。私としては、愛らしいオリヴィア様を近くに感じられるので嬉しいのですが……」

「ちょっ⁉」

さらりととんでもないことを言うレヴィに、オリヴィアは焦る。が、にこにこ嬉しそうにしているレヴィの口はふさがりそうにない。

「熱いねぇ」

「ええ。……では、オリヴィア様が所望される姿絵をお願いします」

「ああ、もちろんだ」

店主はすぐに、商品を用意してくれた。

すると、慌てふためいていたはずのオリヴィアが目の色を変えて姿絵に食いついた。

「ああっ、素敵だわ！」

オリヴィアは嬉しそうに商品を受け取ると、体の力を抜いてレヴィへ寄りかかる。

「ありがとう、レヴィ」

「はい」

「姿絵も買えましたし、今日はゆっくり回りましょう。確かに十日の滞在では足りないかもしれませんが、また来ればいいんです」

「そうね」

一気にすべてを見るよりも、またラピスラズリに来るのだと思えば気持ちも安らぐというものだ。

「それじゃあ、次はハルトナイツ殿下がよく訪れるという飲食店で休憩をしましょうか」

「後学のためにとか言って、お忍びで行っていたところね！　ああっ、楽しみだわっ‼」

次の行き先が決まったとたん、オリヴィアの体に元気がみなぎってきた。なんとも都合のいい体だが、本能で生きているので仕方がない。

「おじさん、素敵な姿絵をありがとう！　次に来たときも、買いに来るわね」

「ああ、待っているよ」

合計二十枚の姿絵を購入し、オリヴィアとレヴィは飲食店へと向かった。

冷たい果実水を飲み干すと、生き返った気分になる。

「はぁぁ、美味しい」

「あまりお腹はすいていないかもしれませんが、鼻血も多いですし少しは口に入れておいた方がいいですね。主に血を作る成分の料理を……」

レヴィはメニューを見ながら、オリヴィアに合う料理を注文してくれた。

「いつもはこんなに鉄分不足になったりはしなかったのに……聖地、恐ろしいわ！」

まるで血を吸う悪魔みたいだ。

オリヴィアが料理を待っていると、店員の「いらっしゃいませ～」という声が耳に届く。

お客さんも多く人気の店のようだ。

しかしふと、視界の端に入った金色にオリヴィアの思考が停止した。

――ん？？？

「あれは……」

同じく入ってきた男性客を見たレヴィは、すぐさまハンカチを取り出して準備を整える。

そう――店内に、ハルトナイツが入ってきたのだ。

「えっ！！！！！？？？」

オリヴィアの目がカッと開き、全神経が一点に集中する。逃さずに脳裏に焼きつけなければならないものだと、本能が告げている。

確かにハルトナイツが気に入っているお忍びの店を選んだが、遭遇するなんてまったく考えていなかった。

「ハンカチをどうぞ」

すぐさまレヴィがオリヴィアの鼻にハンカチを当てると、一瞬で赤色に染まった。

「ありがとう、レヴィ」

成長したラピスラズリの王太子、ハルトナイツ・ラピスラズリ・ラクトムート。

整えられた金色の髪と、澄(す)んだような青色の瞳。身長も高く、どこから見ても完全無欠の王子様へと成長していた。

ゲーム登場時よりも若く、あどけなさの残る面影だ。

お忍びゆえなのか、青フレームの眼鏡をかけているが……それで変装しているつもりなのか？　と、問いかけたくなってしまう。

――まあ、わたくしも変装は眼鏡だったけれど……。

人のことは言えないと思いつつも、オリヴィアは速くなった心臓を落ち着かせるため深呼吸を何度か繰り返す。

そしてちゃっかりハルトナイツをガン見しておく。すでに鼻血は止まらないのだから、それならば心行くまで堪能(たんのう)しよう。

「いつもの定食を頼む」

「かしこまりました！　いつものお席へどうぞ」

店員に声をかけ、ハルトナイツは席へ着く。

──いつもの〜〜〜!?

常連スタイルのハルトナイツを見て、オリヴィアの興奮は止まらない。いつもその席に座り、いったいいつもなんの定食を頼んでいるの!?　と、高速でメニューをチェックする。

──きっとハルトナイツ殿下は肉を食されるわ!!

お肉が大好きなお年頃(としごろ)だし、栄養バランスを考えた食事は王城で出されているはず。そうなると、お忍びで肉以外に何を食べるというのか。

はあはあしながらハルトナイツを見つめていたのだが、しかしレヴィの無情な一言が降り注ぐ。

「本日はもう宿へ戻(もど)りましょう、オリヴィア様」

「な、なんでっ!?」

ハルトナイツの注文を聞けていないどころか、まだ料理も来ていないのに。もうお店を出るというのは、もったいなさすぎる。

オリヴィアがまだいたいと主張をするも、レヴィは首を振る。

「駄目(だめ)です。……さすがに、本日は鼻血の量が多いです。このままだと倒れて、明日以降はずっとベッドで寝(ね)ていることになってしまいますよ？」

淡々(たんたん)と説明するレヴィに、オリヴィアの顔は青くなっていく。

「さすがにそれは困るわ！」

貴重な十日の滞在期間を、貧血ごときでなくすわけにはいかない。オリヴィアはしぶしぶながらも、レヴィの言葉に頷いた。

「ああ……、もっとハルトナイツ殿下を見ていたかったわ……」

再びレヴィにお姫様抱っこをされながら、通りを進んでいく。目指しているのは、ジュリアが待っている今日の宿だ。

「これぱかりは仕方がありませんから、もう少し耐性をつけてください」

「……善処するわ」

どうにも信頼できない言葉をはきながら、オリヴィアはレヴィの腕に寄りかかる。さすがに、疲れてしまった。

「宿に行ったら、ゆっくりしましょう」

「ええ、そうする——わ？」

「？」

大人しくする予定だったオリヴィアだが、うっかりすごいものを見つけてしまった。ショーウィンドウに並べてある、服。

「レヴィ、あそこ、あそこおおぉっ!!」

「ゲームの舞台、王立ラピスラズリ学園の制服、ですか」

「すごい、仕立て屋さんよ……まさか実物を拝めるなんて……!!」

瞳を潤ませて、じいっと制服に熱い視線を送る。

運がよければ学園の生徒を見られるかもしれないと思っていたが、制服！　これはこれで、かなりの価値がある。

――ハッ！

「待って？　ねえ、レヴィ。もしかしてあの制服、わたくしも買うことができたりするんじゃないかしら……」

買って帰れるとしたら、それほど嬉しいことはない。

「本来であれば生徒だけだとは思いますが、交渉次第かもしれませんね」

「交渉……！　そうよね、もしかしたらわたくしの熱い思いが届いて売ってくれるかもしれないわ！」

ということで、仕立て屋へ入ることになった。

店内は明るく、アレンジした制服やデザインを合わせたカーディガンなどの取り扱いがあった。

――既製品のカーディガンなら、わたくしも買えそうだわ。

しかし残念ながら、制服の仕立てには時間がかかるようで……その日数は一ヶ月ほど。

これでは、帰るまでにできあがらない。

泣く泣くあきらめるしかない、オリヴィアがそう思っていたら、店員が話しかけてきてくれた。

「いらっしゃいませ。学園の入学生ですか？」

「あ……いいえ。わたくしはマリンフォレストから、旅行で来たんです」

「旅行で……？　何か、服がご入用に？」

ごく自然な店員の疑問に、オリヴィアは苦笑する。衣類は十分足りているので、別段購入する必要はない。

交渉して購入を！　なんて意気込んではいたけれど、やっぱり必要のない自分が買うのは不自然だろう。

なので、素直に理由を話すことにした。

「実は……ラピスラズリ学園に憧れのようなものがあって。それで制服が展示してあるこのお店に、ふらふら～っと引き寄せられてしまったんです」

「本当は体調が悪いので、宿へ戻る予定だったのですが……」

……と、レヴィが勝手にオリヴィアを病弱少女にしてしまった。

けれどそれは効果てきめんで、店員は「そうだったの……」と憐れむようにオリヴィアのことを見てきた。

「制服は、生徒以外に仕立ててはいけないと厳しく決まっていてね……。ごめんなさいね」

「あ、いいえ。一目見られただけでもわたくしは満足ですから！」

申し訳なさそうにする店員に、オリヴィアは慌てて首を振る。すると、店員が「そうだわ！」と何かを閃いたように手を叩いた。

「仕立てることはできないけれど、試着だったらできるわ。どうかしら？」

「え、し、し、ししし試着を⁉　いいんですか⁉」

思いがけない天の声に、オリヴィアは昇天してしまいそうになる。

「ぜひ、ぜひお願いしたいわ！」

「ふふっ、本当に学園に憧れてるのね。すぐに準備をするから、ちょっと待っていてちょうだいね」

「はいっ！」

店員の声に元気いっぱい返事をし、オリヴィアは促されて一足先に試着室へと入る。制服を持ってきてくれるようだ。

ワクワクしながら試着室の中で待っていると、店員の「いらっしゃいませ」と言う声が耳に届く。

「あ、そうよね……ほかにもお客さんはいるわね。長居をして、迷惑をかけないように気をつけなくちゃ」

そうこう考えているうちに、店員が制服を持ってきてくれた。

「お待たせしました。これが女子生徒の制服ですよ」

「はわわ、はわ～！　素敵!!」

店員からハンガーにかかった制服を受け取ると、その生地の柔らかさに驚く。肌触りがとてもよく、高級なものが使われているようだ。

「すご、すごおぉぉおっ、わたくし、本物の制服を触っているわ……!!」

これは歴史的な一ページであると、オリヴィアは一人でどんどん盛り上がる。

「この感動は本にしたいわ！　……っとと、今からこれを着なくちゃいけないのよね」

用意してもらった制服は、白を基調に作られ、桃色のギンガムチェックがワンポイントとして使われている可愛らしいデザインだ。

ヒロインが着ていた制服に似ているが、多少アレンジされているらしい。

「まずは深呼吸をして、気持ちを落ち着かせないと！　すーはー、すーはー、よし！」

まだ鼻血は噴き出ていないので、順調だ。

間違っても、この制服に血をつけてはならない。そう思いながら、オリヴィアは制服に袖を通した。

　店内では、オリヴィアが試着室に入ってすぐにお客さんがやってきた。これはあまり長居しない方がいいだろうと、レヴィは帰るまでの段取りを考える。

「試着をさせていただいたのだから、何か購入して帰るのがいいでしょうね。制服は無理なので、カーディガンやストール、帽子などの小物類にしましょう」

　レヴィはオリヴィアに似合いそうなものを何点か選び、店員に声をかける。

「すみません、これをお願いします」

「あら、ありがとう。気を使わせてしまったかしら」

「いいえ。オリヴィア様はとても喜んでいましたから、私としては感謝の気持ちでいっぱいです」

　ただ、試着室で一人鼻血を出していないかは心配だけれど。

　レヴィの言葉に、店員は嬉しそうに微笑んだ。

「嬉しいねえ、ありがとう。それじゃあ、これは包んじゃうわね」

「ええ、お願いしま――」

　――す。

　そうレヴィが言おうとしたところで、店内の奥……試着室があるあたりから、かすかな悲鳴が届いた。

声から推測するに、後からきたお客さんだろう。

「オリヴィア様!?」

レヴィが慌てて試着室まで行くと、鼻血を出して倒れているオリヴィアがほかのお客さんに介抱(かいほう)されているところだった。

「しっかり、しっかりしてくださいませ！　あなた、この方の従者ですか？」

「はい、執事です。オリヴィア様、オリヴィア様」

何度か呼びかけてみるが、オリヴィアは反応しない。どうやら、鼻血の出しすぎで気を失ってしまったようだ。

「すみません、水はありませんか？」

「あ、ああっ！　ちょっと待っておくれ」

店員に水をもらい、レヴィはポケットから貧血の薬を取り出してオリヴィアの口に押し込み無理やり飲み込ませる。

「オリヴィア様……」

ひどく心配な顔をし、レヴィはオリヴィアを抱き上げる。見ると、ハンカチが三枚ほど血みどろになっているが……制服には、一滴の血もついていない。

「まったく……服よりも、ご自分の心配をしてください」

レヴィは息をついて、ひとまず無事であったことに安堵する。薬も飲んだので、ゆっくり休めば回復するだろう。

「……ありがとうございます、助かりました」

レヴィは居合わせてくれた二人の女性客に深々と頭を下げて礼を述べる。

「いいえ、無事でよかったわ。馬車はおありですか？」

「観光しながら歩いてきたので……どこかで頼んで帰ります」

「でしたら、わたくしの馬車に乗っていってください。馬車の手配に時間がかかってしまうと、彼女が辛いでしょうから……。フィリーネ、お願いできる？」

「はい」

フィリーネと呼ばれた侍女は、すぐに頷き馬車を店の前まで持ってきてくれた。その迅速な対応には、頭が下がる。

「ありがとうございます。まさか見ず知らずの方にここまでよくしていただけるなんて、思ってもいませんでした」

レヴィが素直に伝えると、女性客はくすくすと笑う。

「困ったときはお互い様です。馬車へどうぞ」

「ありがとうございます」

ハニーピンクのふわりとした髪に、水色の瞳。優しくオリヴィアを見て、「早くよくなるといいですね」と微笑んでくれた。

学園の制服を着ているので、きっと生徒なのだろう。

「お礼はまた改めて――」

「気になさらないでくださいませ。困っている方を助けるのは、当然ですもの」

「……ありがとうございます」

偶然出会った優しい人のおかげで、オリヴィアとレヴィはスムーズに宿へ向かうことができた。


用意してもらった馬車の中、レヴィは眠っているオリヴィアの頭を自分の膝へ乗せて横たわらせる。

これで、先ほどよりは多少楽なはずだ。

額に手を当ててみると、いつもよりわずかに熱い。興奮していたこともあるけれど、少し微熱がありそうだ。

馬車の中に置いてあったブランケットを拝借し、オリヴィアの体へとかける。

「倒れた際、お傍におらず申し訳ありませんでした……」

ぽつりと、レヴィが呟く。

オリヴィアの手をぎゅっと握り、しっかり護ろうと思っていたのに――大失態だと、自分を責める。

すると、小さく自分を呼ぶ声が耳に届いた。

「レヴィ……」

「オリヴィア様？」

「………」

しかし名前を呼んだだけで、また眠ってしまった。きっと、寝ぼけていたのだろう。

「私が傍にいますから、今はゆっくりお休みください」

オリヴィアの髪を撫でて、レヴィは優しく微笑んだ。

なお、思いのほか鼻血を出しすぎたオリヴィアは、その後の日程もろくに聖地巡礼をすることができず……マリンフォレストへ帰ることとなってしまった。

「オリヴィア様、あまり無茶をなさらないでください。まだ貧血なんですよ？」

「はぁい」

マリンフォレストに戻ったオリヴィアは、レヴィから厳重な警戒を受けていた。どうやら、鼻血の出しすぎで気を失ってしまったことがレヴィには相当堪えたらしい。

さすがのオリヴィアも申し訳ないと思い、大人しくしている……というわけだ。

――レヴィには、苦労ばっかりかけちゃったわね。

「次にラピスラズリへ行くまで、もう少し鼻血が出ないように気をつけるわ」

「ある程度の興奮まで抑えられると、いいかもしれませんね」

「……頑張るわ」

意外にも過保護な執事のせいで、もしかしたら次のラピスラズリ聖地巡礼は遠のいたかもしれないと……オリヴィアはそう思わざるを得なかった。

コンコンと部屋がノックされ、「ヴィー」と名前を呼ばれる。

「あら、お兄様だわ」

すぐに入室の許可を出すと、どこか怒った様子のクロードが顔を出した。

「お兄様？」

いったいどうしたのだろうと、オリヴィアは戸惑う。迎えるためにソファから立ち上がろうとすると、「そのままで」と言われてしまった。

「私のことはいいから、ヴィーはゆっくり休んで」

「ありがとうございます」

しかし、何か用事があって訪ねてきたのではないのだろうか？　そう思っていると、クロードはレヴィの前に立った。

「ヴィーのことを任せたのに、守れなかったじゃないか！」

「申し訳ございませんでした」

レヴィはすぐに頭を下げ、謝罪の言葉を口にする。

それを見て焦るのは、オリヴィアだ。

「お兄様！　レヴィは何も悪くありませんわ！」

別に何者かに襲われて怪我をしたとか、そういうわけではない。鼻血が出てしまったのだから、オリヴィアの自己責任だ。

しかし、クロードは首を振る。

「体調管理一つできないようでは、話にならない」

「……っ、…………だったら、自分の体調を管理できないわたくしは、もっと駄目ということですね？」

「ヴィー⁉　違うよ、ヴィーは何も悪くない」

オリヴィアの返しに、今度はクロードが慌てる。

「だったら、レヴィも何も悪くないわ。だって、原因はわたくしの鼻血ですもの。こんな体質でごめんなさい、お兄様……」

「……っ」

クロードは返事に困り、口を噤む。

すると、レヴィがオリヴィアの前へとやって膝をついた。

「ご安心ください、レヴィがついております。何があっても、私がサポートいたしますから、オリヴィア様はご自分の望むままにお過ごしください。自由にされているオリヴィア様は、とても美しいです」

「レヴィ……」

まっすぐな瞳で、レヴィはオリヴィアはそのままでいいと言い切った。普通なら、もっと改善できるように注意を促すものだというのに。

レヴィは、オリヴィアが改善を望むなら全力で協力する。

けれど、それでも難しいのであれば、鼻血の苦労や不快感を少しでも取り除けるようにサポートするだけだ。

その考えは、何があっても揺らぐことはない。

——間違いなく、世界で一番わたくしのことを考えているのはレヴィね。

オリヴィアが微笑むと、二人のやりとりを見ていたクロードがため息をつく。

「まったく、ヴィーの執事には敵わないな。……今回は体調面だから大目に見るが、次はもう少し気をつけて見てやってくれ」

「はい」

クロードはそれだけ言うと、オリヴィアの頭を撫でる。

「ヴィーもあまり無理はせず、辛いと思ったり大変なときは休むことを忘れないようにするんだよ？」

「気をつけます、お兄様」

「うん」

一通り言葉をかけて、クロードは「ゆっくり休んで」と部屋を後にした。

「……お兄様は、本当にレヴィのことを認めてくれたみたいね」

「クロード様が、私を、ですか？」

「ええ」

そりゃあ、あれだけオリヴィアのことしか考えていない返事をされたら、これ以上最適な執事はいないと思うだろう。

くすくす楽しそうに笑うオリヴィアに、レヴィもつられて笑う。

「レヴィが傍にいてくれてよかったわ」

この生活がずっと続けばいい、そんな風にオリヴィアは思った。

とある日、アイシラからお茶会の招待状が届いた。

「やったわ！　これでアイシラ様の執事、攻略キャラクターのカイルを堂々と見ることができるわ‼」

オリヴィアのテンションは一気にマックスだ。

「しかも、アイシラ様からのお願いごとまで書いてあるわ！　もう、そんなの協力しちゃうに決まってるじゃない！」

嬉しさのあまりくるくる回るオリヴィアを見て、レヴィは「いいんですか？」と首を傾げる。

「え？」

「おそらく、鼻血の海になると思われますが……」

「ハッ⁉」

――そうだったわ‼

鼻血を出さないよう気をつけようと考えていたのに、カイルに会える可能性を見つけたら一瞬で食いついてしまった自分が怖い。

しかし、お茶会を断るというもったいない選択肢はない。それに関しては、レヴィも承知しているのだろう。

「当日はしっかりと準備をするしかありませんね」

「いっそ、鼻にティッシュでも詰めてみるのはどうかしら？」

「ティッシュが飛んでいくだけなので、やめた方がいいかと」

神妙な顔で答えるレヴィに、しかしオリヴィアは「試す前からあきらめては駄目よ！」と拳を握りしめる。

「まずはやってみましょう！　上手くいけば、鼻血を噴いてアイシラ様を怖がらせたりすることもないもの」


というわけで、細長く丸めたティッシュを二つ用意しました。

「これを鼻に入れたらいいわね！」

「オリヴィア様、私がやりますから……」

「そう？　ありがとう、レヴィ」

オリヴィアは椅子に座り、目を閉じる。

その無防備な口元にレヴィの手が触れ、軽く上を向かせられる。

――ああっ、なんだかすごく緊張するわ!!

嫌な汗が流れているような気がして、どきどきと心臓が速くなっていく。

「オリヴィア様、入れますよ?」

「……っ、ええ」

軽く頷くと、レヴィが丸めたティッシュを鼻の中へと入れてきた。くすぐったさに頭を振りそうになるが、思いのほかレヴィの押さえる力が強くて動けない。

「うぅぅっ」

「あと少しです、オリヴィア様。……全部、入りましたよ」

「はぁ……」

思っていた以上に大変だったけれど、これで鼻血を防げるなら安いものだ。

オリヴィアが鏡を見てみると、よーく見なければ鼻にティッシュが入っているとはわからなかった。かなり奥まで入っているようだ。

――これくらいしないと、ティッシュを詰めてるのがまるわかりになっちゃうものね。

横から見たりと角度を変えてみたが、問題はなさそうだ。

まあ、鼻で息をするのは難しいけれど。

「あとは、実際に鼻血が出ても問題ないか確認する必要がありますね」

「そうね、そこが一番大事だもの」

しかし、さすがのオリヴィアもアリアーデル家にあるものには慣れているので、そうそう鼻血を出すこともない。

聖地巡礼をするか、いっそ王城に忍び込んでアクアスティードを一目見て鼻血を出すのがいいだろうか。

うぅ～んと考える。

レヴィで鼻血が出たら楽に試せるのだが、公式設定にないものはオリヴィアの中で当たり前のように受け入れられているため反応はしない。

もちろん、このゲーム世界なので大好きではあるのだけれど。

――いっそ、アクアスティード殿下とハルトナイツ殿下の声を脳内で再生する？　とも考えるが、再生しすぎて耐性がついてしまったせいか二人の声の脳内妄想（もうそう）は鼻血切れだ。

「とりあえず、出かけましょうか」

「そうね……」

レヴィはオリヴィアの鼻血事情に精通しているので、あっさり王城へ忍び込んで試してみることとなった。

そして、アイシラとのお茶会当日。
場所はアイシラの自室で、すでにお茶菓子などは用意されている。目の前にないのは、これからカイルが淹れてくれる紅茶だけ。

そしてオリヴィアの鼻血作戦はどうなったかというと――。

オリヴィアは黒色の扇を持ち、その内側にハンカチを隠し持っておくという作戦に落ち着いた。

なぜかって？

遠目からアクアスティードを見た結果、鼻に詰めていたティッシュが飛んでいってしまったからだ。

もしかしたら、その飛距離は世界新記録だったかもしれない。

普段は手にしていない扇を持つオリヴィアを見て、アイシラは目を瞬かせる。

「素敵な扇ですね」

「ありがとうございます。お母様が持っているのを見て、わたくしもほしくなってしまったんです」

扇で鼻から下を隠しながら、オリヴィアは微笑む。

さすがに子どもが扇を持つと違和感があるので、母親の真似をしている娘を演出してみたのだ。

これなら、嫌味な感じもない。

そんなたわいのない話をしていると、コンコンとノックの音が響く。

「お待たせいたしました、カイルです」

その声を聴き、オリヴィアは思わず前屈みになる。

——あああぁぁ、そうそう、その声だった〜！

柔らかで優しい声に、ドッドッドッとオリヴィアの心臓の鼓動が加速していく。そして同時に、めちゃくちゃ扇を自分の顔へと近づけた。

瞬間、扇で隠していたハンカチが血に染まる。

——やっぱり扇にしておいてよかったわ！

ティッシュを詰めていたら、きっと前に座っているアイシラにクリティカルヒットしたことだろう。

興奮しているオリヴィアには気付かず、アイシラは外で待つカイルに声をかける。

「入ってください」

「失礼します」

入室するとすぐ、カイルは深く腰を折りオリヴィアとレヴィに挨拶をした。

「アイシラ様の執事、カイルです。本日は紅茶の淹れ方を教えていただけること、とても楽しみにしておりました。どうぞよろしくお願いいたします」

――わあああぁあっ、生のカイルだわ！　すごい‼　ああどうしよう、尊い……。

オリヴィアから語彙が消失した。


攻略対象キャラクターの一人、カイル。

金髪碧眼の整った顔立ちで、無言で立っていると見目麗しい十五歳。上品な黒の執事服を着こなしている姿は、何時間見ていても飽きないだろう。

……しかし、それは何もしていないときの話。

いざ行動を起こすと、うっかりお皿を割ってしまったり、掃除をしたと思ったら水の入ったバケツをこぼしてしまったり……いろいろやらかしてしまうのだ。

容姿とのギャップがあって、そこがまた可愛いとファンたちからは人気だった。

そしてカイルが今言った紅茶の淹れ方、これがアイシラからお茶会に招待された最大の理由。カイルは——紅茶を淹れるのも、とても下手だったのだ。

そのため、レヴィに紅茶の淹れ方を教えてほしい……ということが、招待状に書かれていた。

カイルから微笑みを向けられ、オリヴィアのライフはゼロに近い。しかし貴族の令嬢たるもの、取り乱すわけにはいかない。

気合で鼻血を引っ込めて、微笑みを返す。

「ええ、よろしくカイル。レヴィの淹れる紅茶はとても美味しいから、覚えたらぜひアイシラ様に淹れてあげてちょうだい」

「はいっ！」

オリヴィアの言葉に、カイルは青い瞳を輝かせる。主人ともども、とても素直な性格のようだ。


レヴィがカイルに紅茶の淹れ方を教えている間は、オリヴィアとアイシラのお茶会タイムだ。たわいもない雑談に、花を咲(さ)かす。

「そういえばこの間、海で新種の魚らしき影(かげ)を見つけたんです」

「え、本当ですか⁉」

——さすがヒロイン、すごいわ‼

大発見だ。オリヴィアが拍手を送ると、アイシラは「ですが」と顔を曇らせる。

「はっきりと姿を見られたわけではなかったので、どんな魚かまではわからなかったんです。次に海に入ったとき、捜してみようとは思うんですが……」

「海は広大ですからね」

目当ての魚一匹を捜すなんて、はっきり言って無茶だ、無謀だ。

でも。

「わたくし、アイシラ様ならきっと見つけられると思うわ！　だって、海の妖精だけではなく、海にも愛されていると思いますから」

「オリヴィア様……」

アイシラはオリヴィアの言葉に、瞳を潤ませる。

「ありがとうございます、とても嬉しいです。オリヴィア様とお話ししていると、なんだか元気をたくさんもらえますね」

「大袈裟よ、アイシラ様。わたくしは、思ったことしか口にしないもの」

本当の本当に、アイシラはすごくて可愛くてまるで聖女のようだと思っている。

――今改めて考えると、自分がアイシラになってゲームをプレイしていたのよね。

なんとも恐れ多いことだ。

「それならなおさら、わたくしは嬉しいです」

　アイシラはオリヴィアの言葉を聞いて、にこにこだ。

「オリヴィア様は、海に行かれたりはしないんですか？」

「え？　あー……海は、その、行ったことはありますが、入ったことはないんです」

「そうなんですか？」

　マリンフォレストの海はとても人気で、観光客もよく訪れている。そのため、海で泳いだことがないという人はいないとアイシラは思っていた。

「もしかして、海はお嫌(きら)いなんですか？」

「そうではないのだけど……」

　――ん～。これぱっかりは、どうしようもないのよね。

「老後あたりに海水浴へ行こうかなとは思っております」

「老後⁉」

　まったく予期していなかったオリヴィアの言葉に、アイシラは目を見開く。普通、老後に海へ行く計画を立てる人なんてそういない。

「わたくしは、海の妖精に嫌われているので……入らない方がいいかなと」

「あ……」

　オリヴィアが理由を説明すると、アイシラは表情をゆがめる。触れてはいけない話題だったと、後悔(こうかい)しているようだ。

――ああああっ、アイシラ様が気にすることなんて一つもないのにっ!!

どうフォローしようかオリヴィアが悩んでいると、「できました！」と推し――もとい、カイルの声が聞こえてきた。

どうやら、レヴィに教わり紅茶を淹れることができたようだ。

――ナイスタイミング！

この話は打ち切って、さっそく紅茶をいただくことにした。


「レヴィさんの腕前が本当にすごくて、感動しっぱなしでした！　淹れ方だけではなく、ティーカップや水の種類や温度など、気を使わなければならないものがたくさんあったんですね……」

まったくわかっておらず、執事失格でしたとカイルが項垂れる。

――レヴィ、いったいどんな紅茶の淹れ方を教えたの……。

レヴィはオリヴィアのこととなるとどんな手間も惜しまないほど極端なので、それをカイルに押しつけていないかが心配だ。

しかしもう終わってしまったことなので、仕方がない。

「カイルの淹れてくれる紅茶、とっても楽しみです」

アイシラがにこにこ微笑むと、カイルが紅茶を淹れ始める。お湯の沸かし方やティーカップの温め方など、とても綺麗な所作で行ってくれた。

「んん～っ、とっても美味しいです、カイル」

まずはアイシラがティーカップに口をつけて、カイルの上達した腕前を確認した。どうやらかなり美味しいらしく、表情がとろけている。

「オリヴィア様もどうぞ」

「ありがとう、カイル」

水色のストライプと、珊瑚のデザインが施されたティーカップ。

それだけでも優雅なティータイムになるのに、カイルが淹れてくれたとなると……尊くて死んでしまいそうだ。

「いただくわね、カイル」

「はい」

オリヴィアがティーカップを手に取り、口元に持っていった瞬間――にゅっと、背後からレヴィの手が伸びてきて止められてしまった。

「……っ、レヴィ!?」

いったいどういうつもりだと、オリヴィアは後ろを振り向く。すると、レヴィが一瞬のうちにカイルが淹れたオリヴィアの紅茶を取り上げ、新しく紅茶を淹れ直してしまった。

――えええええっ!?

いったいどういうつもりだと、オリヴィアはレヴィを睨む。

「返しなさい、レヴィ。せっかくカイルが淹れてくれた紅茶なのよ？」

「この紅茶はオリヴィア様に相応しくありません」

レヴィがそう言うと、「そんな……」とカイルが項垂れる。

「私なりに、精いっぱい淹れさせていただきました。水も厳選しましたし、茶葉だって
……どこかいけませんでしたか？」

何かあったのならばはっきり告げてくれと、カイルが言う。

「でしたら、ご自分で飲んでみては？」

そう言って、レヴィはカインにオリヴィアの紅茶を渡す。

──いったいどういうこと？

不可解なレヴィの行動に、オリヴィアは戸惑う。

──今まで、こんなことは一度もなかったのに。

オリヴィアとアイシラが戸惑う中、カイルは「わかりました」と言ってレヴィから紅茶
を受け取る。

「失礼します」

そう言って、ティーカップに口をつけ──噴き出した。

「しょっぱ!!」

「え、あ、そうかドジっ子属性‼」

「カイル⁉」

「アイシラ様のティーカップには砂糖をご用意していましたが、オリヴィア様のティーカップには間違えて塩を用意したのですよ」

レヴィが説明すると、どっと力が抜ける。

もっと何か深刻な理由があったのかと思ってしまった。

――そうよね、ドジっ子執事なら割とお約束な展開よね！

「ああもうレヴィさん、気付いていたなら用意したときに教えてくださいよぅ」

頬を膨らめて言うカイルに、レヴィは「無理です」と即答する。

「私が気付いたのは、オリヴィア様が紅茶に塩を淹れたときですから」

つまりレヴィは、オリヴィアが紅茶に砂糖……もとい塩を入れるわずかな時間で、間違えているということに気付いたようだ。

――やだ、気付かなかったわ。

と考えたけれど、こんなのレヴィ以外にはわからないのではないだろうか……。

帰宅したオリヴィアは、疲れたということもありソファでぐったりしていた。さすがに今日は、はしゃぎすぎてしまった。

「ああっ、でもでも……しょっぱくてもいいからカイルの紅茶を飲んでおけばよかった気がするわ……!!」

塩味と一緒に、カイルのドジっ子の味もしたはずだ。

「まさにご馳走では……？」

と、本気で考えてしまう。

――って、せっかくレヴィが助けてくれたのに。

飲みたかったなんて言ったら、レヴィに怒られてしまうだろうか。

すると、タイミングよくレヴィがやってきた。

「失礼します。紅茶をお持ちいたしました」

「ありがとう、レヴィ」

紅茶を一口飲むと、疲れた体に染み渡る。それと同時に、無意識のうちにあくびが出て目がしょぼしょぼしてきた。

――うぅ、眠い。

「もう休まれますか？　オリヴィア様」

「ちょっと早いけれど、そうね……そうしようかしら」

「本日も鼻血の回数が多かったですし、ゆっくり休まれた方がいいと思います。夕食も、体にいいものを用意させましょう」

レヴィはメイドを呼んで、すぐにお風呂などの準備を指示する。

しかしながらオリヴィアは、紅茶を飲んで温まったこともありこのまま眠ってしまいたい衝動に駆られていた。

――うぅ、眠い、眠すぎる。

そんなオリヴィアを見て、レヴィは苦笑する。

「仕方ありませんね、私のご主人様は……」

ふわりとオリヴィアの体が宙に浮き、レヴィにお姫様抱っこをされた。どうやら、浴場まで連行されてしまうようだ。

「連れて行ったあとはジュリアに任せますから、眠っても構いませんよ？」

そうすれば、寝ている間にジュリアとメイドたちがお風呂に入れてくれる。なんとも贅沢なフルコースだとオリヴィアは思う。

けれど、疲れているからとさすがにそこまでは任せたくない。

「大丈夫よ、自分で入れるから」

ああ、でも。

「お風呂につくまでの間は、寝ていてもいい？」

「もちろんです」

「ちゃんと起こすのよ？」

「はい」

しっかり確認を取ると、オリヴィアはレヴィの腕の中ですやすやと寝息を立て始めた。

自分の腕の中で眠ってしまった主人を見て、レヴィは頬を緩ませる。

「オリヴィア様の寝顔は世界で一番可愛いですね……」

レヴィはオリヴィア以上に可憐で可愛くて美しくて綺麗で誇り高い人はいないと思っている。自分のご主人様が世界で一番だ。

――気持ちよく眠っていますし、少し遠回りしましょうか。

ものの数分で浴場についていて起こされても、オリヴィアの疲れは一ミリも取れないだろう。どうするか考えた結果、廊下と階段を往復してみることにした。

適度な揺れがあるので、オリヴィアも気持ちよく眠れるだろう。

レヴィが階段を往復していると、通りがかったメイドが怪訝な顔をした。ちょうど、折り返すところを見られてしまったからだろう。

「オリヴィア様はこのあとお風呂なのですが、もう少し寝かせてさしあげてから入った方がいいかと思い歩いているんです」

「そうだったの……なら、これをどうぞ」

　レヴィの言葉に納得したらしいメイドは、ブランケットを持ってきてオリヴィアへかけてくれた。

「ありがとうございます。オリヴィア様が風邪を召されたら大変ですからね」

「ええ。しっかり見てあげてね、レヴィ」

「もちろんです」

　メイドが手を振って去るのを見て、今度はのんびり廊下を往復する。時折もれるオリヴィアの声が可愛くて、このままずっと抱いていたいとすら思ってしまう。

「んんぅ、レヴィ……」

「はい」

「……………」

　腕の中のオリヴィアに呼ばれて返事をするも、それに対する返事はない。どうやら、寝言で自分の名前を呼んだらしい。

　──もしや、私の夢を？

　そうだとしたら、そんな光栄なことはないと、レヴィは感動を覚える。

「私を夢に見ていただけるなんて……」

自分ばかりが、夢でオリヴィアを見ていると思っていたのに。

——オリヴィア様の見る夢は、乙女ゲームのことでいっぱいだとばかり……。

そこに自分が加われているという事実が、ひどく嬉しい。

「私はどんなに足掻(あが)いても、ゲームの正式な登場人物になることはできません」

最初にレヴィがオリヴィアの独り言を聞き、だんだんと理解していったとき……自分も、オリヴィアが好きでいてくれるうちの一人だろうと思っていた。

けれど、現実はそうではなかった。

「私は、オリヴィア様の世界にいないものだと思っていました。ああでも、こんなことを言ったら……『わたくしはこの世界のすべてを愛しているのよ！』と、怒られてしまうかもしれませんね」

簡単に想像することができて、思わず笑いが込み上げる。

「……何を笑っているの、レヴィ」

「すみません、起こしてしまいましたか？」

「大丈夫よ、お風呂に入るんだもの」

オリヴィアはあくびをして、レヴィを見る。

「それで、何を笑っていたの？」

どうやら、オリヴィアはレヴィが笑っていたことが気になって仕方がないようだ。

「私もこの世界と一緒にまるごと、オリヴィア様に愛されているのだろうか？　と……そんなことを考えてしまったんです」

「………」

レヴィの言葉にぱちくりと目を瞬かせて、オリヴィアは笑う。

「やだ、レヴィったら。……確かにわたくしは世界のすべてを愛しているわね。もちろんレヴィも含まれるわ！」

胸を張ってどや顔で告げるオリヴィアを見て、レヴィは「ありがとうございます」と微笑む。

それを見たオリヴィアは、苦笑してレヴィの頭を撫でる。

「わたくしは、無表情よりも笑っているレヴィの方が好きよ」

「――！」

「だからちゃんと、わたくしに愛されている自覚を持って微笑んでいなさい！」

まるでプロポーズのようなその言葉に、レヴィの周囲の時間が止まったような――そんな、錯覚。

その言葉だけで、これからずっと頑張ることができそうだ。

ぴっと鼻先にオリヴィアの人差し指が当たり、レヴィの頰が緩む。無意識のうちにオリヴィアの指へすり寄ると、びくっと跳ねて引っ込められてしまった。

「何してるの、もう……っ！　びっくりするじゃない」

オリヴィアは顔を背けて、「早くお風呂に行きましょう」と急かす。どうやら、今ので
わずかに染まった頰を見せるのが嫌なようだ。


「かしこまりました」


レヴィは一言だけ返事をして、浴場へ向けて歩き出す。

すっかり目が覚めてしまったはずのオリヴィアだが、下ろせとは口にしない。それがレヴィにとって、どれほど嬉しいことか。

「疲れているオリヴィア様のために、本日は薔薇風呂を準備してくれているみたいですよ」

「本当？　薔薇風呂って、悪役令嬢っぽくていいわよね」

入るのが楽しみになったらしく、オリヴィアは鼻歌を口ずさむ。恒例の、乙女ゲームラピスラズリのオープニング曲だ。

もちろんレヴィもすっかり覚えてしまったので、一緒に歌う。しかも、鼻歌ではなく普通に。

するとオリヴィアも鼻歌はやめてきちんと歌ってくれた。

「ふふっ、この歌をこの世界で誰かと一緒に歌えるとは思わなかったわ。とっても楽しいわね、レヴィ」

「はい、オリヴィア様」

そのまま浴場に着くまで、オリヴィアとレヴィは楽しく歌い続けた。

第五章　悪役令嬢始動！

聖地巡礼をしたり、追放後のプランを考えたり、攻略本を作ったりしているうちに、あっという間に月日が経ってしまった。

オリヴィアは十五歳になり、ゲームキャラクターと同じ外見へ成長した。

自室の姿見の前に立って、まじまじと自分を見る。

「まさに悪役令嬢、って感じだわ！　……でも、パッケージはもう少しあくどい顔をしていたかしら？」

鏡を見つめて、表情を変える練習をしてみる。

普段のだらしない顔は引きしめて、目を細め、冷たさをプラス。元が悪役令嬢という設定だけあって、なかなかに悪い顔をしている。

「ふふ、これならいい感じにアイシラ様をいじめられるかもしれないわね」

ゲーム本編が始まるので、アイシラと仲良くするのはもう終わりだ。

これからは、家同士のように対立していく。

パールラント家のアイシラよりも、アリアーデル家の方が格上で、さらに自分の方が優秀だとねちねちいじめるのが悪役令嬢オリヴィアだ。

その後、アイシラがアクアスティードルートに入ると、悪役令嬢の婚約者にちょっかいをかける女という設定も加わりいじめが加速するのだ。


ふふんふんとゲームのオープニングテーマを口ずさみながら、これから始まるお茶会が楽しみになってきた。

今日は、パールラント家で行われるアイシラ主催のお茶会に招待されている。

「待っていなさい、ヒロイン！　悪役令嬢のわたくしが、必ずこのゲームを成功させてみせるわ！」

可愛いアイシラをいじめる役どころは辛いものがあるけれど、ゲームのためには致し方ない。

悪役令嬢オリヴィアの高笑いが、アリアーデル家に響いた。

アイシラのお茶会は、オリヴィアのほかに伯爵家の令嬢姉妹ルーナとリーナ、男爵家の令嬢グレースが招待されていた。

子どものころは何度かお茶をしていたが、アクアスティードとの婚約を解消して以降、どこかぎこちない関係が続いていた。

今回、アイシラはそのわだかまりのようなものがなくなれば……そう思い、このメンバーを招待したようだ。

しかし。

残念なことに、オリヴィアは最初からガンガンいこうぜ悪役令嬢！　モードになってしまっていた。

挨拶もそこそこに、アイシラに向かってとっておきの嫌味を披露する。

「最近、海が汚れているわ。アイシラ様、あなたの管理が悪いのではなくて？」

――アイシラ様、今日もとっても可愛いわ！　さすがはヒロイン！

それなのに、こんな台詞を言うのは心苦しいが……いじめを乗り越えてこそ、攻略対象者たちと愛を深めていくことができるのだ。

——ならばわたくしは、アイシラ様の幸せの踏み台となりましょう！

オリヴィアが心の中でそんなことを考えているとは夢にも思っていないアイシラは、心無い言葉に息を呑む。

「え……っ」

仲良くしているオリヴィアに突然そんなことを言われ、アイシラはなんと返事をしたらいいかわからない。

海は今日の朝も確認したが、別段変わった様子はなかったけれど……もしかしたら、何か些細な変化があったのかもしれない。

「確かに、最近になって海の管理はわたくしがメインで行っております。至らぬ点が多くて申し訳ありません。確認しておきます」

「ええ、そうした方がいいわ。あれでは海の妖精が可哀相だもの」

——本当は新種の魚もいる、綺麗な海だっていうことは知っているのよ！　ああ、ごめんなさいアイシラ様を傷つけて……なのに、そんな顔も可愛いと思ってしまってごめんなさい!!

ため息をつくオリヴィアを見て、アイシラは戸惑いを隠せない。

ほかの令嬢たちも同様で、困惑した表情でオリヴィアとアイシラのことを交互に見ている。……が、口を挟めるほど強くはないようだ。

「それにしても……海の管理を任されるなんて、アイシラ様はとても優秀なのね」

「まだまだ勉強中でして……」

「あら、そうなの。お勉強でマリンフォレストの海を汚されたら、わたくしたちはたまらないわね」

「……っ！」

表情をゆがめたアイシラを見て、オリヴィアは心の中で『やったあぁぁ』とガッツポーズを取る。

――さすがレヴィの考えた悪役令嬢ねちねち台詞だわ！

効果は絶大のようだ。

アイシラがダメージを受けることといえば、やはり海に関連することだ。

しかし同時に、アイシラに悲しい顔をさせているので自分もダメージを受ける。

――でも、これはわたくしの悪役令嬢としての役目！

もし自分が悪役令嬢であることを放棄し、ゲームのシナリオに何か不都合が発生し――アイシラが誰とも結ばれず、不幸になってしまったらたまらない。

オリヴィアが悪役令嬢を演じることは、アイシラのためでもあるのだ。もちろん、ゲームのためでもあるけれど。

――ただ、バッドエンドになってしまったら……わたくしにはどうしようもできないけれど。

それもゲームとしての一つのエンディングなので、そうなったら素直に受け入れる。その後はきっと、アイシラにはほかの男性と結婚する未来がくるのだろう。

このままねちねち嫌味を言い続けてみようかと思っていると、ルーナとリーナが違う話題を振ってきた。

「そうそう、実はわたくしたち……珊瑚のヘアアクセサリーを新調いたしましたのよ」

「お父様にお願いして、腕のいい職人にお願いしたんですよ」

二人はアップスタイルにした蜂蜜色の髪に、ピンク色の珊瑚のアクセサリーをつけている。パールも一緒にあしらわれているので、とても華やかだ。

――髪に関する嫌味も、レヴィのプランにあったわね。

今日は徹底的に悪役令嬢を演じる予定なので、遠慮はしない。にこりと微笑んで、オリヴィアは自分の髪をかきあげた。艶やかで美しいローズレッドの髪は、腰ほどまでの長さがある。

アイシラは髪が長くないので、いつもオリヴィアのストレートヘアに憧れているということも知っている。

「アイシラ様は、毎日のように海で泳いでいるのですってね」

オリヴィアの言葉に、アイシラはぱっと表情を輝かせる。

「はい！　海の妖精たちと一緒に泳ぐのは、とても楽しいんです」

アイシラは泳ぎが得意で、陸にいるより海にいる時間の方が長いときがある。

海の妖精に愛され、海を管理しているアイシラにとって、それは何よりの誇りなのだ。

オリヴィアは口元に手を当てて、憐れむような表情を作って一言。

「どうりで、髪が傷んでパサパサになっているはずだわ」

「――っ！　あ……、オリヴィア様のような美しい髪になりたくて、お手入れはしているのですが……なかなか」

アイシラはそんなことを言われるとは想像もしていなかったのだろう。

しかし、動揺しつつもオリヴィアを立てる返しをしてきたのは、さすがヒロインというところ。

海に入ることが多いと、どうしても髪は傷みやすくなってしまう。

「よかったら、オリヴィア様のお手入れ方法を教えてはくださいませんか？」

おずおずと申し出るアイシラに対し、オリヴィアは笑顔で一蹴する。

「わたくしの髪は、レヴィが手入れしてくれているのよ。……彼はあなたの執事とは違って優秀だから、何も言わなくても全部やってくれるの」

だからそんなこと、オリヴィアはいちいち覚えてなどいない。

レヴィがすべて、卒なくこなしてくれるから。

——まあ、任せっぱなしすぎだとはわたくしも思うけれど！

しかし、レヴィもレヴィでオリヴィアの世話をしたがるのだから仕方がない。何度か自分でやると言ってみたのだが、首を縦には振ってもらえなかった。

もともとは侍女のジュリアがやっていたのだが、いかんせんレヴィの方が丁寧で髪が綺麗になるのだ。

普段のヘアメイクなどはジュリアがやっているが、それも奪われそうだと震えているとかいないとか。


アイシラは己だけではなく、自分の執事も貶められたからか、唇を噛みしめる。

「わたくしの執事も……彼なりに、頑張ってくれています」

——ええ、もちろん知っていますわ！

そう返事ができたらどんなにいいだろうか。

カイルは優秀な執事……というよりも、ドジっ子属性を持っている。

このルートではアイシラとカイル、未熟な二人がともに成長していく……というストーリーが描かれる。

間違っても、レヴィのようになんでも卒なくこなしてくれるウルトラスーパーな王道執事ではないのだ。

「でも、頑張っても失敗したら無意味でしょう？　わたくしたちは、この国を代表する公爵家の人間だもの。それは、アイシラ様だってよくわかっているはずよ」

今は問題ないかもしれないけれど、今後は他国と関わることも増えてくるだろう。アイシラは、アクアスティードと結婚したらなおのこと。

「オリヴィア様、さすがにそれは言いすぎですわ」

「あら……ごめんなさい」

ルーナの言葉に、オリヴィアは話を止める。

すると、お茶会がとてつもなく重い空気になってしまった。仕方がないけれど、この状況を作り出したオリヴィアにも辛いものがある。

――わたくし、ちゃんと悪役令嬢を演じられたかしら？

こうして、アイシラのお茶会は終わった。

「ん〜、悪役令嬢たるもの、もっとドレスやアクセサリーを持っていた方がいいかしら？」

オリヴィアは自分の衣装(いしょう)部屋を見て、実はかなり簡素なのでは？　と、首を傾(かし)げる。

ドレス類といえば、いつも母のクローディアから「そろそろ仕立てたら？」と言われるまで新しいものを購入(こうにゅう)したことがなかった。

しかも持っているものは、聖地巡礼をするので動きやすいドレスや、庶民(しょみん)が着る服の方が多いかもしれない。

ゲーム内のオリヴィアは、上品さは残しつつ、流行の先端(せんたん)をいくドレスを着ていたように思う。

これでゲームが始まり、流行遅(おく)れのドレスを着ていたら——目も当てられない。

オリヴィアは慌(あわ)ててレヴィを呼ぶ。

「レヴィ、レヴィ〜！」

「はい、こちらに」

「悪役令嬢に相応(ふさわ)しいドレスを仕立てるわ！　国で一番のデザイナーにお願いしたいのだ

けれど、できるかしら」

「もちろんです」

オリヴィアの要望に、レヴィは二つ返事で頷いた。


それからひと月後。

新調したドレスに身を包み、オリヴィアはとある伯爵家の夜会へと出席した。

そして偶然、アイシラを見つけてしまった。


アイシラは海が好きということもあり、水色のドレスを着ていることが多い。そのため、オリヴィアは水色のドレスを見ると目で追ってしまうのだ。

ヒロイン――もとい、アイシラは今日も最高に可愛い！　と、少し距離を開けたところから観賞していることが多い。

せっかくなので、今日もこっそり遠くからアイシラを眺めて心の栄養をチャージする。

――ああもう、本当に可愛いわ！

きっとゲーム本編が始まったらすぐ、アクアスティードとの出会いのイベントがあるのだろう。海辺のスチルで、何時間見ても飽きがこない最高のシーンだ。

「……はあ、今から楽しみで仕方がないわ」

こっそり砂浜のどこかへ隠れて、二人のイベントを見ることはできないだろうかと、そんなことを考える。

可能であれば、何度でも見返したい。

――まあ、ビデオカメラのないこの世界では無理ね。

残念だけれど、泣く泣くあきらめることになりそうだ。

それから主催者への挨拶などを終えると、うっかりアイシラと目が合ってしまった。

「あ……、オリヴィア様」

アイシラは微笑んでオリヴィアの名前を呼ぶけれど、その表情は不安そうだ。

ここ最近、オリヴィアが会う度に意地悪なことを言っているのが原因だろう。

さて、今日はなんて言うのがいいだろうか。

覚えておいたレヴィの『悪役令嬢っぽい台詞』一覧から、ちょうどいいのはないだろうかと思い浮かべ――あった。

「あら……アイシラ様、もしかしてお太りになりました？」

――いつも通り素敵なスタイルだわ、アイシラ様！

本当なら大好きなゲームキャラクターを褒めちぎりたい!!　しかし自分の役どころは悪役令嬢なので、決してヒロインと仲良くすることはできない。

そんなことをしたら、大好きなゲームが台無しになってしまうだろう。

続編のヒロインに会えば嫌味を言い、レヴィを使ってこれぞ悪役令嬢！　という演出をしている。

——ごめんなさい、アイシラ様。ゲームがエンディングを迎えたら、土下座をしながらお詫びの品を持って謝罪に行きます……!!

そんな悪役令嬢プレイに一生懸命なオリヴィアだが——それを見るレヴィは、なんともいえない気持ちになっていった。

朝、目が覚めると紅茶の香りがする。

レヴィがちょうどいいタイミングでセッティングしてくれているからだ。

「……いつもながら、よくわたくしの起きる時間がわかるわね」

別に毎日ピッタリ同じ時間に起きているわけでもないのに。

紅茶を一口飲むと、だんだんと頭がクリアになっていく。ぐぐっと伸びを一つして、軽いストレッチをしてから起きる。

着替えて寝室から出ると、レヴィが「おはようございます」とドレッサーの椅子を引く。

「おはよう、レヴィ。今日の紅茶も美味しかったわ」

「オリヴィア様に喜んでいただけて嬉しいです」

嬉しそうに返事をしたレヴィは、オリヴィアの髪を櫛でとかしていく。ゆっくり、艶が損なわれないよう丁寧に。

オリヴィアが鏡に映る自分の顔を眺めていると、ふいにレヴィが口を開いた。

「悪役令嬢を演じることは、辛くはないのですか？」

「え？」

「心にも思っていない言葉を言うのは、大変なのではと思いまして」

レヴィの言葉に、確かに心苦しいものはあるとオリヴィアは思う。だって、本当ならば褒めちぎりたいのだから。

「大丈夫よ、それがわたくしの役目だもの」

だからなんの問題もないし、レヴィが気にすることでもない。オリヴィアがそう告げると、鏡に映ったレヴィがほんのわずかに、寂しそうな表情をした気がした。

「……レヴィ？」

オリヴィアが名前を呼ぶと、髪をとかしていたレヴィの手が止まる。どうやら、何か思うところがあるらしい。

「私も、もっとオリヴィア様のお役に立てたらと――そう、考えてしまいます」

「レヴィは十分すぎるほど、わたくしの面倒を見てくれているわよ？」

むしろやりすぎの部類だと、オリヴィアは笑う。

すると、レヴィは櫛を持つ手を再び動かし始めた。何か思案しているかのように、一定のリズムで髪をとかす。

「お役に立てているのであれば、この上ない喜びです。もしかしたら、私は欲を持ってしまったのかもしれません」

懺悔でもするかのようなレヴィの口ぶりに、オリヴィアは首を振る。

「レヴィは欲がなさすぎるのだから、いい傾向だと思うわよ？」

むしろ、ちゃんと欲が存在していてよかったと安堵してしまうほどだ。もっと主張してほしい。

「そうでしょうか？」

「そうよ。わたくしなんて、欲の塊みたいなものだわ」

自分から欲――乙女ゲームを取ってしまったらいったい何が残るのだろうか。鼻血すらなくなって、きっと何も残らない。

――とりあえず、レヴィは何かに悩んでいるみたいね。

その内容は教えてくれそうにないけれど、欲というくらいだから、きっと何かほしいものがあるのだろう。

──わたくしに叶えてあげられるものならいいのに。

けれど、レヴィはすべて自分で行動し、そのほしいものも手にしてしまうのだろう。

「……髪の手入れが終わりました、オリヴィア様」

「ありがとう、レヴィ。セットしてもらうから、ジュリアを呼んでちょうだい」

「はい。本日は男爵家でお茶会の予定がありますので、お昼過ぎに馬車を手配しておきます」

一礼して下がるレヴィに、もう少し本性を見せてくれてもいいのにと、そんなことを思った。

お茶会に向かう馬車の中、オリヴィアは同行してくれているジュリアに声をかける。

「ねえ、レヴィに我儘を言ってもらいたいんだけど、どうかしら」

「わがまま、ですか」

突然の提案に、ジュリアは苦笑する。

「レヴィは我儘だと思いますが……」

「えぇっ⁉」

まったく予想していなかったジュリアの答えに、オリヴィアは動揺する。レヴィのどこに我儘の要素があるのか？　と。

「どういうことなの？　詳しく教えてちょうだい！　わたくしの前でだけ、レヴィは取り繕っているっていうの？」

「違いますよ！　もう、オリヴィア様ったら……」

ジュリアはやれやれと息をついて、きっぱり「オリヴィア様です」と言い切った。

「わたくし？」

「そうです。レヴィは、オリヴィア様のことに関してだけは絶対に譲らないんです。それどころか、私の仕事も少しずつさりげなく奪われています」

気付いていましたか？　そう言って、ジュリアは肩をすくめる。

「昔は、髪の手入れはジュリアがしてくれていたものね。朝のティーセットも……そういえば、いつの間にかレヴィが用意してくれているわ」

執事の仕事のうちだと言われてしまえばそれまでだが、スケジュール管理を始め、最近は靴も履かせてくれるようになった。

――なるほど、わたくしに関しては確かに貪欲ね……！

ジュリアに言われてしまうのも納得だ。

もちろんそれは主人に対する忠誠心なのだろうが、ここまではっきり言われて思い返すと、変に意識してしまいそうだ。

「そういうわけで、レヴィはとっても我儘なんですよ」

「そうね。ありがとう、教えてくれて」

オリヴィアは苦笑しながら、客観的に見るとなかなかに拗れていたんだな……ということを思い知った。

しばらく馬車を走らせると、目的地に到着した。

「お待たせいたしました、オリヴィア様」

御者の隣に座っていたレヴィがドアを開け、エスコートしてくれる。その表情は恍惚としていて、オリヴィアのお世話ができることが嬉しいと顔に書いてあるようだ。

オリヴィアは首を振り、これから始まるお茶会のことに頭を切り替える。アイシラが来るので、悪役令嬢の出番だ。

――今日もゲームのために頑張らないと。

そんなことを考えていると、屋敷から男性が出てきた。迎えかと思ったが、質のいいジャケットに身を包んでいるので、令息だろう。

すぐに挨拶を――というところで、オリヴィアはとあることを思い出した。

──わたくし、あの方から婚約の申し入れをされていたわ！

最近は、アクアスティードとの婚約解消から時間が経ったためか、少しずつそういった申し込みをもらうことが増えてきた。

レヴィがちらりと視線を向け、今更ながら報告をしてくれる。

「あの方からの婚約の申し込みは、旦那様がお断りしています」

「そう……」

タイミングが悪いと、オリヴィアはため息をつきたくなる。

「直々の出迎えってことは、何か言われるのかしら？」

「おそらく、オリヴィア様をあきらめきれないのではありませんか？」

ジュリアがそう答えると、レヴィも同意する。

「オリヴィア様はとても魅力的ですから、そう簡単にあきらめることもできないのでしょう」

「…………」

絶賛してくれることは嬉しいが、今回ばかりは嬉しくない。

とはいえ挨拶をしないわけにもいかないので、オリヴィアは微笑んで淑女の礼をした。

「はあぁぁあっ、疲れた、疲れたわ！」

お茶会から帰ってきてすぐ、オリヴィアはソファへダイブする。今日ばかりは疲れたので、上品じゃなくても大目に見てもらいたい。

最初に挨拶をして終わりだと思ったのに、令息はお茶会にも参加してきた。母親同士が仲良くしている男爵家のお茶会だったため、参加したのだが……次回はご遠慮したい。

「しかも手の甲にキスされたし……」

この乙女ゲーム世界を愛しているとはいえ、さすがに好きでもない相手にされてしまうと悪寒が走る。


そして思い出すのは、帰りの馬車でのこと。

いつもは御者の横に座るレヴィが、一緒に乗り込んできたのだ。

「お茶会お疲れ様です、温かいタオルをご用意いたしました」

「ありがとう……？」

そう言って、レヴィは丁寧にオリヴィアの手を拭いてくれた。

いや、どちらかといえば念入りすぎるのでは？　と、感じるほどだ。オリヴィアの手を優しく包み込み、まるで宝物のように。

――いつもはこんなこと、しないのに。

ちらりと手を拭いてくれているレヴィの顔を覗き込むと、妙に神妙な表情をしていた。

「……オリヴィア様の手は、そんな簡単に触れていいものではないのに」

「レヴィ……？」

ぽつりともれたレヴィの本心を思わせるような言葉に、わずかに心臓が跳ねた――。


「あれもジュリアの言う我儘だったのかしら？」

普通、ああいったことをするのは侍女の仕事だ。

――まあ、気持ちよかったからいいけど。

それに、令息に口づけられたところだったのでスッキリしたというのもある。

「…………あ、もしかして私が不快だったのに気づいて拭いてくれたのかな？」

そうだとしたら、なんと優秀な執事だろうか。

「レヴィの優しさに感謝……」

心の中でレヴィにお礼を言っていたら、オリヴィアはそのまま寝落ちしてしまった。

オリヴィアにとって、レヴィは『ラピスラズリを語り合える唯一の同志』のような立ち位置にいた。

もちろん、自分の有能な執事であることにも変わりはない。

何があってもオリヴィアのことを最優先に考えてくれるレヴィ。

けれどそんな彼の様子が、なんだかおかしいことに気付いてしまった。どうおかしいのかと問われたら、明確に答えられないことがむずがゆい。


オリヴィアは自作の攻略本を眺めながら、息をつく。

机の上には、ついさっきレヴィの淹れてくれた紅茶が置いてある。

「おそらくきっかけは、アイシラ様だと思うのよね」

でも、その場合はかなり自意識過剰な考えだと思う。

だって、理由が――

「わたくしがアイシラ様にばっかり構うから、嫉妬している？　なんて、そんな……」

なんとも図々しい臆測だろうか。

しかし、あり得ない！　と、自信を持って言うこともできない。レヴィが自分のことをどれほど優先しているかを知っているから。

――令息に触れられたわたくしの手だって、拭いてくれた。

「ジュリアも、レヴィはわたくしのことでは我儘だって言ってたし……」

思い出すのは、アイシラのことばかりを考えていたここ最近の自分。

いつ、どこの夜会やお茶会に行けばアイシラに会えるだろうか。どんな台詞を言おうかとか、エンディングのあとはどんな謝罪をしようか、許してもらえるかだろうか……などなどなど。

けれど、レヴィは別にオリヴィアに何かを言ってきたりはしない。執事であることをわきまえているからだ。

考え込んでいると、部屋にノックの音と「レヴィです」という声。

ドキリと、心臓が嫌な音を立てる。

「……どうぞ」

オリヴィアが入室の許可を出すと、神妙な顔をしたレヴィが入ってきた。

レヴィはいつもにこにこしているので、こんな表情をしているのは珍しい。

「何かあったの？」

「あ、いいえ。先ほどお淹れした紅茶は新しい茶葉を使ったので、オリヴィア様が気に入ってくださるかと思いまして」

言われてみて、確かにいつもと違う風味だったことに気付く。もう一口飲むと、普段より少し甘い。

「これもとっても美味しいわ！」

「はい」

オリヴィアが感想を告げると、レヴィがいつもの笑顔になる。

「レヴィの紅茶はいつでも美味しいもの。……いつも、わたくしのことを気遣って紅茶を用意してくれているのよね」

朝はさっぱりしたものを、疲れているときは蜂蜜を多めに、夜はミルクティーになっていることもある。

オリヴィアの体調や気分を考慮して、選んでくれているのだ。

「――レヴィのお嫁さんになる子は、きっと幸せね」

「…………」

おそらく無意識のうちに出てしまったオリヴィアの言葉に、レヴィは言葉を詰まらせた。

「あ……」

そしてオリヴィア自身も、何を言っているのだと口を噤む。

――なんというか、適した話題ではなかった気がするわ！

それに、自分で言ったくせにもやっとした嫌な気分になった。

この話はやめよう、オリヴィアはそう思ったのだが、予想外にもレヴィから答えが返ってきた。

「私は結婚なんてしません」

「レヴィ？」

「オリヴィア様の執事ですから」

そう言って微笑み、レヴィは紅茶のお代わりの用意を進める。今飲んでいるものは、冷めてしまっただろうから、と。

茶葉の香りが室内に広がるなか、オリヴィアは返事に困っていた。自分の執事だから結婚はしないなんて、そんな理由どうしたらいいというのか。

かといって、自分に忠誠を誓う執事に安易に結婚を進めるのもよくない。

でも、それより何より――


――レヴィが誰かと結婚して、わたくしから離れてしまう？


そんなことを、考えてしまった。

自分は貴族と政略結婚をするだろうと思っているのに、なんとも自分勝手だ。

「……わたくしの執事だからといって、結婚してはいけないなんてことは、ないのよ？」

オリヴィアには止める権利はないし、嫌だと言う資格もない。

「でしたら、そんな顔はなさらないでください」

「――！」

レヴィの言葉に、オリヴィアはとっさにうつむく。

――わたくし、どんな顔をしてた!?

わからないけれど、なんとなく上げてはいけないような気がした。別に、自分はレヴィのことを恋愛対象として見ていないのだから。


オリヴィアの様子が気になったからか、レヴィはすぐ目の前までやってきて膝をついた。そして、膝に置かれていたオリヴィアの手を取る。

「レヴィ？」

「……私の話を、聞いてくれますか？」

「え、ええ。もちろんよ」

突然のレヴィからのお願いに、オリヴィアは顔を伏せていたことも忘れて頷く。

その様子に、レヴィの頰が緩む。

「ずっとオリヴィア様と一緒に過ごしてきて……最初は、オリヴィア様に相応しい執事になることが私の目標でした。けれど今は……」

「今、は？」

目標が変わったのだろうかと、オリヴィアはレヴィを見る。

「……今は、オリヴィア様を護りたいと、そう思っています。ラピスラズリに行った際、鼻血を出して倒れたオリヴィア様に、馬車一つもすぐに用意できず……私は、倒れている姿を見て心臓が止まるかと思ったのです」

ラピスラズリでのことを、レヴィは思いのほか引きずっていたようだ。

「これは……私の執事らしからぬ部分ですが」

レヴィが思い返すのは、悪役令嬢を演じているときのオリヴィア。心の中で謝罪をしながら、アイシラのことをいじめる。

そのときは、オリヴィアのすべてがアイシラへと向けられていて、ひどく羨ましく思ってしまった。

それだけではない。

オリヴィアの魅力に気付き、アプローチをしてくる男もいる。自分では、手の甲への口づけを止めることすらできない。

日に日に、自分の中でオリヴィアの存在は限界を知らないとばかりに大きくなる。

執事の分際で、いったい自分は何を考えているのだ、と。そう思うけれど、それに蓋をするのも難しくなってきた。

「私は、オリヴィア様を愛しています」

突然の告白に、オリヴィアは息を呑む。

今、この執事はなんと言った？　——と。

愛、愛、愛……それならオリヴィアだって、レヴィを、この世界のすべてを愛している。

——って、そうじゃない！

「レヴィ……？」

「はい、オリヴィア様」

「…………」

真剣（しんけん）なレヴィの瞳（ひとみ）に、普段、彼が見せる主人への忠誠とは違うものを感じた。本当に、レヴィはオリヴィアを一人の女性として見ているようだ。

その事実に、心臓の鼓動（こどう）がどんどん速くなる。


——でも、わたくしは悪役令嬢。


今まで舞（ま）い上（あ）がっていたけれど、オリヴィアは悪役。

ヒロインの行動次第（しだい）でどうなるかは決まっていないけれど、メインキャラクターである自分はシナリオという枠（わく）から出ることは難しいだろう。

自分は追放される悪役令嬢……。

その運命に、レヴィを巻き込んでいいのだろうか。

そんな疑問が、オリヴィアの脳裏に浮かぶ。レヴィは自分に尽くしてくれているし、異常なほどの執着があると言ってもいいだろう。

だからこそ、レヴィを巻き込んではいけない――そんな気がした。

「ごめんなさい。わたくしは悪役令嬢……誰かを幸せにすることなんてできないわ。だからレヴィの気持ちに――」

そう続けようとした瞬間――レヴィの唇が、オリヴィアの口をふさいだ。

応えられない。

「……っ!」

突然のことで、目をつぶる余裕なんてなかった。

オリヴィアの瞳に、レヴィのローズレッドの赤が映る。

「その先は、言わないでください」

わずかに歪んだレヴィの表情を見て、オリヴィアは開きかけていた口を閉じる。

「その代わり、一つ我儘を聞いてくださいませんか？」

　ふと、ジュリアが言っていた、レヴィはオリヴィアのこととなると我儘という言葉が脳裏に浮かぶ。

「……わがまま？」

「はい」

　返事をしたレヴィは、いつもの笑みに戻った。

「オリヴィア様は国外追放されることを望んでいるようですが、私は反対です。大反対です。オリヴィア様には、いつまでも気高くいてほしい」

　貴族でなくなり、平民として過ごすことも確かに楽しいかもしれない。けれど、オリヴィアにはもっと気高く誇り高い女性でいてほしいのだとレヴィは告げる。

　悪役令嬢である自分にその道は用意されていないのだけれど――レヴィは、砂漠で見つける砂金粒ほどの可能性に賭けているようだ。

　――あり得ない、でも。

　オリヴィアだって、絶対とは言い切れない。

　現に、アクアスティードとの婚約を破棄することに成功している。本来であれば、現在も婚約しているはずだったのに。

「そうなったらオリヴィア様は、王太子でなくとも……貴族の男性と結婚するでしょう？」

「……それは」

「オリヴィア様は私の光です。ですから、返事はいらないのです」

答えを聞いてしまったら、もう一緒にいることすら叶わなくなってしまうかもしれない。

だったら、答えなんて必要ないとレヴィは考えたようだ。

「…………」

——そのくせ、わたくしには想いを告げるのね。

いっそのこと、その感情にも蓋をしてしまえばよかったのに。

「そうね、ゲームのシナリオがあるとはいえ……正確な未来なんて、誰にもわからないものね」

「はい」

「オリヴィア様、女公爵になってください。そうしたら、私はずっと貴女に傅きましょう」

そう、レヴィに言われてしまった。

だからどうか、破滅なんて望まないでくださいと。貴女のためなら、どんなことでもしますから——と。

女公爵という言葉に、ドキリとする。

アリアーデル家の次期公爵は、オリヴィアの兄のクロードだ。それを押しのけて自分が公爵になるなんて、できるわけがない。

しかし、それ以上に首を振らなければならない理由がある。

「無理よ、わたくしは追放されてこの世界を謳歌すると決めたのだもの」

「いいえ。私が、オリヴィア様を女公爵にしてさしあげます」

「……っ！」

真剣な瞳からレヴィが本気だということはわかったけれど、オリヴィアにだって譲れないものはある。

「……も、もしかしたら、追放されて二人で暮らしたら……結婚だって、できるかもしれないのよ？」

ほら、そう考えると女公爵にする気もなくなるだろう。

だってレヴィはつい今しがた、オリヴィアに告白したばかりなのだから。結婚したいと思わないはずが、ない。

しかしレヴィはゆっくり首を振り、微笑んだ。

「構いません。私は、オリヴィア様のお傍にいられればそれでいいのです。もう、決めたのです」

「でも、それじゃあレヴィは一生幸せになれないと言っているようなものじゃない！」

それはオリヴィアの望む未来ではない。

自分は女公爵として働き――レヴィはただただ自分に仕えているだけ？

仮に、もし仮に女公爵になったとして……そうしたら、オリヴィアがほかの男性と結婚するのを見ているのだと言う。

もしかしたら、レヴィもどこかのタイミングで恋人ができ、結婚するのかもしれない。

しかしその恋人を哀れに思ってしまうほど、レヴィはオリヴィアしか見ていなくて。

――でも、レヴィは頑固なところがあるから……。

きっと、何を言っても聞きはしないのだろう。

だとすると、オリヴィアも腹をくくらなければいけないのかもしれない。

「……なら、わたくしのことは〝オリヴィア〟と呼びなさい」

レヴィにだけ、名前で呼び捨てることを許すと、オリヴィアはそう告げる。本来、このようなことを許す貴族なんていない。

だからこそ、レヴィはそれがどれほど特別なことかを理解した。

「――ありがたき幸せ。私の、オリヴィア」

幸せだと言わんばかりの笑みを浮かべるレヴィを見て、もしかしたら早まった判断だったかもしれない……と、オリヴィアは苦笑する。

――でも、女公爵になるつもりはない。

なってしまったらこの世界を自由に謳歌することはできないし、忙しい日々が待ち受けていることは目に見えている。

もしゲームのシナリオが効力をなくし、平凡な一生を過ごすのだとしたら。

――正直、どこか伯爵家の次男あたりの嫁になって何事もなく平和に暮らしたい。どこかでそんな風に、考えていた気がする。

「……レヴィの気持ちはわかったけど、わたくしは追放を目指しますからね！　女公爵なんて、自由な時間がないものにはなりませんから！」

そうオリヴィアが言うも――レヴィはにこにこ顔のままだ。

「いいえ、私がオリヴィアを女公爵にしてみせます」

「この件に関してだけは、本当に譲る気はないのね……」

「もちろんです」

「でも、わたくしだって譲らないわ！」

しかしこの優秀な執事のことを考えると、どんな手を打ってくるかまったく予想ができないのが恐ろしい。

味方のうちはとても頼もしいのだけれど、一歩間違うとこんなにも恐ろしい相手だったとは……。


「……レヴィ。紅茶を淹れてちょうだい」

オリヴィアがそう告げると、レヴィはもちろんと頷いた。

「はい、オリヴィア」

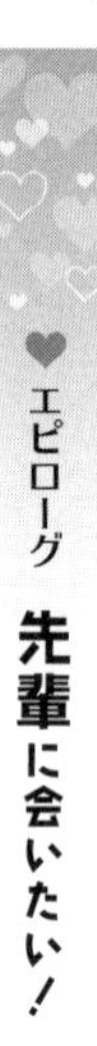

先輩に会いたい！

あれ？

あれれれ？

何やらゲームがおかしいなと気付いたのは、いったいいつだったろうか。

乙女ゲームが開始する前に、王太子であるアクアスティードが隣国の令嬢と婚約してしまった……‼

「嘘でしょ、どういうことなの？　アクアスティード殿下は海辺でアイシラ様との出会いイベントをするはずなのに」

それが留学から婚約者を連れて帰ってくるなんて――まったくの予想外だ。

オリヴィアが頭を抱えて悩んでいると、レヴィが温かい紅茶を淹れてテーブルに置いた。

「落ち着いてください、オリヴィア。……それに、アイシラ様と殿下の出会いイベントが起きるには無理があります」

「どういうこと？」

何か明確な理由を知っているようなレヴィに、オリヴィアは首を傾げる。だって、ゲームイベントが起きないなんてあるはずがない。

「お忘れですか？　王妃様のお茶会のとき、アイシラ様とアクアスティード殿下はすでに出会っているじゃありませんか」

「え……」


レヴィに言われて、オリヴィアは数年前のお茶会の記憶を引っ張りだす。

——そうそう、アクアスティード殿下だけではなく、ハルトナイツ殿下もいらっしゃったのよね！

脳内で二人の声が再生されて、思わずとろける。

いまだに会話をしたことはないけれど、この世界にも耐性がついてきたので……そろそろ会ってみたいとオリヴィアは思うようになっていた。

——ではなく。

「アイシラ様がアクアスティード殿下に出会ったときのことよね」

そうそう、あのときは庭園の隅っこで、アイシラと二人でこっそり話をしていたのだ。

そのとき、植木の陰からアクアスティードの声が聞こえて——

「あっ！　わたくし鼻血が噴き出てしまったから、アイシラ様を置いて逃げたんだわ!!」

そして登場したアクアスティードと、アイシラが出会ってしまったのだ。

「…………つまり、わたくしは貴重なヒロインとアクアスティード殿下の海辺の出会いイベントを潰してしまった……？」

えっ、わたくしのせいだったの？　——と、オリヴィアは大混乱だ。

しかも、二人が出会った瞬間すら見損ねていた。

「で、でも、どうしてあんな庭園の隅にアクアスティード殿下が来たのかしら」

「ああ、それは……」

「それは？」

どうやら、アクアスティードが来たことにも理由があるらしい。オリヴィアは、死刑宣告を待つような気持ちでレヴィの言葉に耳を傾ける。

「以前、アクアスティード殿下を一目見るために王城へ侵入したことがありましたよね。その際に、オリヴィアの気配がばれていて……王妃様のお茶会のときは、同じ気配があったから見に来たのだと思います」

「わたくしの気配？」

思いがけない理由に、オリヴィアはそんなことができるのだろうか？　と、頭の上にクエスチョンマークを浮かべる。

——あぁでも、待って。

「アクアスティード殿下は、空の妖精王の祝福を得ている……」

空の妖精は、『情報』に強い。

さらに妖精王は、国中の声を風に乗せ、自分の耳へ届けているとも聞いたことがある。

確かにそれなら、気配を摑むなんて朝飯前だろう。

つまり、オリヴィアがアクアスティードを見ようと王城に行ったときからすべてのシナリオに少しずつ少しずつ変化が生まれていたのだ。

もう、取り返しがつかない。

「しかも、その隣国の婚約者は悪役令嬢のティアラローズ様っていうんだから、驚きよね」

まさか悪役令嬢に、そんな幸せな未来が待っているだなんて、いったい誰が思っただろうか。

とてもではないが、オリヴィアには想像できなかった。

「せっかくだから、会ってみたいなぁ……先輩」

「悪役令嬢の先輩ですか？」

「そうよ！　いい響きじゃない？　ふふっ、わたくしが後輩ね！」

先輩後輩だと考えるだけでも、なんだか楽しい。

そしてもし先輩に何かあれば、自分が力になろうとも考える。だって、悪役令嬢仲間だから!!

オリヴィアがるんるんと考え込んでいると、レヴィが「そういえば……」とオリヴィアを見る。

「私は、ラピスラズリの指輪の悪役令嬢の容姿を知りません」

「あら……言ってなかったかしら。ティアラローズは、ふわふわのピンクの髪と、水色の瞳が可愛い女の子よ。ドレスは……いつも水色のものを着ていたわね」

ティアラローズの容姿を確認し、レヴィはなるほどと頷いた。そして同時に、思い当たる人物が一人いたが……まあ、確証はないので黙っておく。

「早く会ってみたいわ」

――ティアラローズ様は、マリンフォレストは初めてでしょうし。

「でも、会うのはしばらくお預けね。もしわたくしが関わって、シナリオに変化が起きてしまったら嫌だもの」

というか。

「もしかして、わたくしが余計なことをした結果がティアラローズ様との婚約!?」

「間違いなくそうでしょうね」

「やだ、わたくしったら悪役令嬢のキューピッドだったのね」

ティアラローズもアクアスティードも大好きなキャラクターなので、二人が結ばれてくれることも当然嬉しい。

だから別に、オリヴィアは新たなカップルの誕生に反対などはしていない。

「あ、待って？」

「どうしました？」

「アクアスティード殿下とティアラローズの組み合わせなんて、公式にもなかったわ！これはちゃんと記録を取った方がいいんじゃないかしら……⁉」

思い出としてぜひとも保管しておきたいカップルだとオリヴィアは思う。しかし、ゲーム世界といえど今は現実。

――そんなことをされたら、嫌よね。

画面越しだったら、そんなことは気にせず記録を取るのに。そう思いつつ、それなら自分の目にこっそり焼きつければいいと決める。

「本来はない組み合わせのカップルだから、ちょっとゲーム的に気がかりなところはあるけれど……きっと、みんな乗り越えてくれるわ」

――わたくしの大好きな人たちだもの。

ゲームをプレイしていた上辺だけのイベントや展開だけではない、もっともっと深いこの現実に向かっていくのだろう。

――わたくしも、悪役令嬢としてもっと頑張らないと！

オリヴィアが気合を入れると、レヴィが口を開いた。

「しかし……そうなると、アイシラ様はどうなるのでしょう？」

結ばれる予定だった攻略対象者に、婚約者ができてしまった。

「うぅん、そうねぇ……」

オリヴィアは悩みながら、三つの可能性をあげる。

「一つ目は、何かあってティアラローズ様との婚約が解消される。二つ目は、アクアスティード殿下以外の人と結ばれる。三つ目は、バッドエンド」

現時点では、どのルートに行くのかまったく予想ができない。

「でも……わたくしは、執事ルートになるような気がするのよね」

「執事のカイルですか？」

「ええ」

なんだかんだ、アイシラとカイルは長い付き合いで、互いのことを尊重しあっているように思う。

身分差という壁はあるけれど、それを乗り越え結ばれた瞬間は涙が止まらなくなるほどの感動が待っている。

「まあ、今は考えても答えは出ないもの。わたくしの役目は、アイシラ様が幸せなエンディングを迎えるまで悪役令嬢を演じることだわ！」

誰を選び結ばれても、エンディング後に花束を持って祝福しに行くのだとオリヴィアは微笑んだ。

そして、さらに数年。

オリヴィアはまだまだ悪役令嬢人生を謳歌していた。

そして続編のゲームも、エンディングは見えていない。しかしちょっとずつ、世界は進んでいた。

「アクアスティード殿下を覗き見しても鼻血の量が減ってきたし、ティアラローズ様ともご結婚されたわ！　レヴィ、そろそろ先輩に会いに行きましょう‼」

「はい！　オリヴィアの仰せの通りに」

番外編　婚約者の令嬢

　マリンフォレスト王国の王子、アクアスティードが八歳になったころ……そろそろ婚約者を決めようという話になった。

　候補としてあがったのは、二人の令嬢。


　アリアーデル家の娘、オリヴィア。

　パールラント家の娘、アイシラ。

　オリヴィアはアクアスティードと同い年で、アイシラは三つ年下。どちらも公爵家であるため、家柄的にも問題はない。

　国王――アクアスティードの父親のソティリスは、夕食をとりながらそれとなく息子に話題を振ってみた。
「そういえば……ラピスラズリ王国のハルトナイツ王子はすでに婚約者がいるようだが、

そういった話をしたりはしないのかい？」

「婚約者……ですか。ハルトナイツ王子から話は聞きますが、そこまで話題にあがったりはしませんね」

アクアスティードの答えに、婚約には興味がないようだとソティリスは苦笑する。まだ八歳なのだから、きっと今すぐ考えろと言われたら困ってしまうだろう。

しかし察しのいいアクアスティードは、さらりとソティリスの意図を読んでしまう。

「私の婚約者が決まったんですか？」

「……いや。決まってはいないが、候補はいる」

まずは探りを入れようと考えていたソティリスだったが、それは難しそうだと両手を上げて降参する。

「だが、お前は婚約にあまり興味はなさそうだからな……。それほど、急ぐ必要はないかもしれないが……」

しかし――両家の父親からは、自分の娘をアクアスティードの婚約者に、と言われている。

どうしたものかと、ソティリスは顎に手をそえて考える。

「候補は、パールラント家とアリアーデル家ですか？」

「まったく、お前は本当になんでもわかっているな」

ソティリスが思っている以上に、アクアスティードは自分のことを客観的に見られているようだ。

そしてふと、そういえばアクアスティードは二人の令嬢と顔を合わせたことがなかったということを思い出す。

顔を知らず、会ったこともない令嬢のどちらと婚約したいかと聞いても仕方がない。

「まずは、茶会をしてみるのはどうだ？」

「茶会、ですか……」

ソティリスの提案に、アクアスティードはなんとも渋い顔をする。

「嫌か？」

「うーん……」

アクアスティードの様子を見るに、どうやら乗り気ではないようだ。

無理に婚約を進める必要もないので、しばらくは現状維持でいいだろう。ソティリスはそう考えたのだが……。

「どちらの家を選ぶかとなったら、アリアーデル家ではありませんか？」

さらりと、アクアスティード自らがどちらと婚約した方がいいと告げてきた。

「婚約は嫌なんじゃなかったのか？」

「まあ、ハルトナイツ王子の話を聞くと、いいものだとは思えませんし」

「…………」

なるほど、婚約の印象はハルトナイツの話からきているのかと苦笑する。……が、それでもちゃんと考えているのは偉い(えら)の一言だ。

アクアスティードは、自分なりの考えを述べる。

「パールラント家は、代々海を管理しているじゃないですか。しかも、アイシラ嬢(じょう)は海の妖精(ようせい)に祝福され、かなり気に入られているとか」

それだけで考えたら、マリンフォレストの王妃(おうひ)として申し分ないだろう。

「逆に、アリアーデル家のオリヴィア嬢は、まったく妖精から祝福されていないそうですね」

「ああ、そのようだな。むしろ嫌(きら)われている部類に入るらしく、いっそ珍(めずら)しいくらいだ。オリヴィア嬢自身は、明るく元気な性格だと聞いているよ」

オリヴィアは明るく元気いっぱいで、聡明(そうめい)。

父親のオドレイも、たまにオリヴィアの発言にドキリとすることがあると言っていたくらいだ。

アイシラは、控(ひか)えめで優(やさ)しい。

海が大好きで、時間さえあれば海の妖精と一緒(いっしょ)に泳いでいるらしい。見た目の可憐(かれん)さとは逆に、体力はかなりあるだろう。

どちらも、次期王妃としては問題ない。

「両家の力は拮抗(きっこう)していましたが、アイシラ嬢が新種の珊瑚(さんご)を発見されたと聞きました。今後はもっと、海の分野に関して進展があると思います」

そういったことを考えた結果。

「さらに王太子の婚約者までパールラント家からとなると、一気にアリアーデル家が弱くなります」

平和なマリンフォレストで、貴族社会の勢力図が変わるのはよくないとアクアスティードは考えた。

息子の考えを聞き、ソティリスは感心するほかない。

「お前は本当に優秀(ゆうしゅう)だな……」

「ありがとうございます」

「婚約自体は急ぐ必要はないから、数年以内に結ぶことにしよう」

その間に何かあれば、別に婚約をしなくてもいい。もしくは、アクアスティードと仲良くなった令嬢がいたら候補者を増やすこともできるだろう。

それから月日は流れ、アクアスティードは後学のためいくつかの国へ留学していた。オリヴィアとの婚約を解消して以降、特に急ぐ必要性もなかったため新しく婚約者を選ぶことはしていなかったのだが――ラピスラズリへの留学中に事は起こった。

「まさか、ハルトナイツ王子の婚約者に目を奪われるなんて」

許されるはずがない。

この想いは胸にしまい、帰国しよう。そう思っていたアクアスティードだったが――人生とは、何が起こるかわからないものだ。

アクアスティードが愛らしい姫を連れ帰国したのは、それからしばらく経ってのことだった。

あとがき

こんにちは、ぷにです。『悪役令嬢は推しが尊すぎて今日も幸せ』、お手に取っていただきありがとうございます！

私は年末あたりは引っ越しでどたばたしているので（現在はまだ十一月）、無事に刊行してのほほんとできていたらいいなぁと思っております。

そして久しぶりにナンプレにはまっております。すごくナンプレしたくなる期というのがちょいちょい来ます（笑）。おすすめです。

本作は、『悪役令嬢は隣国の王太子に溺愛される』という小説のスピンオフです。両方読んでいると、思わずにやりとしてしまうシーンがある……!? かもしれません（笑）。もちろん、読んでいなくても楽しんでいただけます。

今回は主人公の誕生から始まるのですが、幼少期から書けるのは楽しかったです。いろいろなところに聖地巡礼しつつ、レヴィと攻防しつつ、なんだかんだ今日も幸せな感じに進んでいきますので、見守っていただけると嬉しいです。

なんというかこう、年を重ねると、推しに貢ぎたい欲が高まります。なんだろう、この、言葉では言い表せないこの気持ち。尊い……。

そしてなんと……コミカライズも始まっております！

二〇二一年一月五日配信の『B's-LOG COMIC Vol.96』に一話が掲載されています。作画を担当してくれているのは、真丸イノ先生です。

鼻血が美しく飛び散る様子をぜひ漫画でご堪能ください……！

最後に、皆さまに謝辞を。

編集のY様。隣国と合わせてアドバイスいただいたり、とても楽しい一冊でした。スピンオフもどうぞよろしくお願いします！

すがはら竜先生。幼少時代のキャラたちがとても可愛くて、見るたびに悶えそうになっております。可愛く素敵なイラストをありがとうございます！

本書の制作に関わってくださった方、お読みいただいた読者の方、すべての方に感謝を。

それではまた、お会いできると嬉しいです。

ぷにちゃん

■ご意見、ご感想をお寄せください。
《ファンレターの宛先》
〒102-8177 東京都千代田区富士見2-13-3
株式会社KADOKAWA ビーズログ文庫編集部
ぷにちゃん 先生・すがはら竜 先生

●お問い合わせ
https://www.kadokawa.co.jp/（「お問い合わせ」へお進みください）
※内容によっては、お答えできない場合があります。
※サポートは日本国内のみとさせていただきます。
※Japanese text only

悪役令嬢は推しが尊すぎて今日も幸せ

ぷにちゃん

2021年1月15日 初版発行

発行者	青柳昌行
発行	株式会社 KADOKAWA 〒102-8177 東京都千代田区富士見2-13-3 (ナビダイヤル) 0570-002-301
デザイン	島田絵里子
印刷所	凸版印刷株式会社
製本所	凸版印刷株式会社

ISBN978-4-04-736095-2 C0193

定価はカバーに表示してあります。

◇◇◇